極道さんはイタリアでもパパで愛妻家

佐倉 温

23684

角川ルビー文庫

目次

口絵・本文イラスト／桜城やや

閑静《かんせい》な住宅街の中に、ひと際《きわ》目立つ大きな建物がある。

極道《ごくどう》組織『東雲組《しののめ》』。

極道組織ではあるものの、元はテキ屋としてこの町に馴染《なじ》んでいた背景もあり、今も地域との係《かか》わりは深い。銃《じゅう》や麻薬《まやく》の密売をご法度《はっと》としているため、東雲組の縄張《なわば》り内は他《ほか》の地域よりも治安が良いと言われるほど地域に貢献《こうけん》しており、周囲の住民達からはある意味では警察よりも頼《たよ》りにされている存在だ。

二代目組長の東雲吾郎《ごろう》は高齢《こうれい》で、今はその息子《むすこ》である東雲賢吾《けんご》が若頭《わかがしら》として実質的に組を率いている。三十歳を過ぎたばかりの男盛《おとこざか》りで、組全体の稼《かせ》ぎの半分以上を稼ぐその手腕《しゅわん》と端整《たんせい》な顔立ちで、多くの女性を魅了《みりょう》していた。

だが、町の人達に尋《たず》ねれば、多くの者が賢吾の魅力は別にあると答えるだろう。強面《こわもて》の風貌《ふうぼう》とは裏腹に、賢吾は初恋《はつこい》に一生を捧《ささ》げる可愛《かわい》らしい男なのである。

初恋の相手の名は雨宮佐知《あまみやさち》。地域にある雨宮医院の三代目で、少し癖《くせ》のある色素の薄《うす》い髪《かみ》に、常に潤《うる》んでいるかのように見える瞳《ひとみ》、目元のすぐそばにあるほくろが印象的な美しい男だ。

幼い頃《ころ》から一途《いちず》に佐知を思い続けた賢吾がその初恋を見事に実らせたのは、賢吾が吾郎の隠《かく》し子を実子として引き取ったことがきっかけだった。

　母を亡《な》くして賢吾の実子として引き取られた東雲史《ふみ》との出会いが、それまで膠着状態《こうちゃくじょうたい》だった賢吾と佐知の関係に変化を起こし、紆余曲折《うよきょくせつ》の末、三人はついに家族となる。

　もちろんそこに至るまでの過程にもそれからの日々にも悲喜こもごもだが、いつだって三人はどんな困難も共に乗り越《こ》えてきた。

　史の伯父《おじ》であるシチリアンマフィアのジーノの来襲《らいしゅう》によって、自分が実子ではないことを知った史と賢吾の関係が揺《ゆ》らいだり、賢吾の母である京香《きょうか》の双子《ふたご》妊娠《にんしん》、出産、賢吾の記憶喪失《きおくそうしつ》、東雲組傘下《さんか》の組の組長である佐野原椿《さのはらつばき》の暴走による怪我《けが》など、騒動《そうどう》は枚挙にいとまがない。

　賢吾と佐知と史の三人はそのたびに結束を強め、家族としての関係も揺るぎないものへと変化していった。今では互《たが》いに遠慮《えんりょ》なく言いたいことを言い合えるし、甘えることにも甘えられることにも慣れて。固い絆《きずな》で結ばれた三人は、誰《だれ》の目から見ても間違《まち》いなく家族であると胸を張れるほどになった。

　出会った時にはまだ幼かった史もつい先日保育園を卒園し、来月にはついに小学生になる。

　楽しい時も辛《つら》い時も時間の流れが止まることはなく、だからこそ薄れゆくものもあれば、強固になっていくものもある。

　日々は目まぐるしく過ぎていき、今日も東雲家は騒々《そうぞう》しい。いつだって騒動には事欠かない東雲家に、今回は何が起きたかと言えば。

史の伯父であるジーノ・ビスコンティから慶事《けいじ》の連絡《れんらく》が来たのは、史の卒園式が終わってほっと息を吐《つ》いてまもなくのことだった。

「は？　イタリアで結婚式《けっこん》？」

『そうだ』

夕飯を終えて寛《くつろ》いでいた東雲家の居間に、ジーノの声が響《ひび》く。賢吾のスマートフォンに電話をかけてくるなり、ジーノ自身がスピーカーにしろと言ったために、そのお陰《かげ》でジーノからの吉報《きっぽう》は佐知と史にも同時に知らされることになった。

「優《ゆう》さん、おめでとう！」

ソファに座る賢吾の足元で洗濯物《せんたくもの》を畳《たた》んでいた佐知がそう言えば、優がふふっと笑う声が聞こえてくる。

『ありがとう。何か、照れちゃうな』

「え、じーのおじちゃん、まだけっこんしてなかったの!?」

佐知を手伝って洗濯物を畳んでいた史が、畳んだタオルを賢吾の膝《ひざ》の上に置いて驚《おどろ》いた声を出した。

史が驚いたのは、二人がプロポーズし合った瞬間《しゅんかん》に立ち会っていたからである。あれから数ヶ月。もうすっかり家族のつもりでいた史は「ということは、さらちゃんはまだぼくのかぞくじゃなかったの⁉」と叫《さけ》んだ。

『正式には、まだだ』

ジーノと優が、優の姪《めい》であるサラと共に暮らし始めたのは少し前のことだ。

イタリアで暮らす優から時々送られてくる写真の中のジーノは、リラックスして幸せそうで。ジーノが幸せを見つけたことを、佐知も史も喜んだ。……賢吾は素直《すなお》に喜んではいなかったが、まあ本音では喜んでいたはずだ。たぶん。

「結婚するには、色々と面倒《めんどう》なことを乗り越える必要があるからな」

膝に置かれたタオルを押さえる役目をしながらの賢吾の言葉に、史は納得《なっとく》がいかなそうに唇《くちびる》を尖《とが》らせる。

「じーのおじちゃん、さらちゃんのかぞくになるっていってたのに。まだかぞくになってないなんてしんじられない」

どうやら史は、結婚式を家族になるための儀式《ぎしき》か何かだと思っているらしい。

サラが日本にいた頃に一時期同じ保育園に通ったことのある史は、いつだってサラの味方だ。サラちゃんが可哀想《かわいそう》だと頬《ほお》を膨《ふく》らませる史の頭を撫《な》でて宥《なだ》めると、『心外だ』とスマートフォンの向こうから機嫌《きげん》を損《そこ》ねた声が届く。

『式はサラの願いを叶《かな》えたものだ。古城でドレスを着たいと言うから、そのために古城を貸し切りにしている。それに、この時期になったのはサラの体調を考慮《こうりょ》した上でのことだ。まったくの見当違《けんとうちが》いな怒《いか》りだな』

「お前、その調子でサラにも正論ぶちかましてるんじゃねえだろうな？　もうちょっと優《やさ》しく言えねえのかよ」

正しいからと言って、それを押しつけることが相手にとって正解であるとは限らない。それが子供であるなら尚更《なおさら》だ。

『優しく？　言い方を変えたところで結論は同じだろう？　史は間違っている。私が正しい』

ジーノの言葉に、史の頬が更《さら》に膨らんだ。

ジーノは本当に相変わらずだ。子供が相手であろうが、まったく容赦《ようしゃ》がない。こんな男に王子様だ何だと懐《なつ》いているのだから、サラの将来が少し心配になる佐知である。

「はいはい、ジーノが正しいのは分かったから。本題に入ってもらえるかな？」

誰が一番子供なのか分かりやしない。これ以上史の機嫌を損ねる前に佐知が先を促《うなが》すと、ジーノが改まってこほんと咳払《せきばら》いをした。

『結婚式に参加してもらいたい』

それは概《おおむ》ね予想した通りの言葉だったが、賢吾はわざとらしく呆《あき》れ声を出す。

「おいおい、俺達だって暇《ひま》じゃねえんだぞ？」

実際はにやにやしているというのに、まったく素直じゃない。そして、そういう反応をされるとすぐに受けて立つのがジーノである。

『お前には言っていない。佐知と史だけ来ればいいのだから、お前は存分に日本で忙《いそが》しくしていろ』

「ふざけんなよ、佐知と史だけをてめぇのところになんか行かせる訳がねえだろうが」

「こら、賢吾。お前がおめでたい話に水を差すようなことを言うからだろ?」

賢吾とジーノはいつだってこうだ。時々はもしかしたら仲が良いのかも? と思うこともあるが、大抵《たいてい》はすぐに喧嘩《けんか》になる。佐知が思うに、同族嫌悪《けんお》というやつだ。どちらもまったく素直ではない。

「おい佐知、お前今、何か失礼なことを考えただろ」

「人の心を読むなって、いつも言ってるだろ」

畳み終わったタオルを賢吾の膝の上に置くついでに、ばしっと叩《たた》く。

「心は読んでない。今は顔色を読んだ」

「一緒《いっしょ》だよ、馬鹿《ばか》」

まだ畳んでいないバスタオルを投げつけると、見事に賢吾の顔に命中した。ナイスコントロール。密《ひそ》かに自分を褒《ほ》め、むっとした顔で賢吾が投げ返してきたバスタオルを避《よ》けて佐知は続ける。

「喜んで行かせてもらうよ。それで、いつ結婚式をするつもりなんだ？」

『一週間後だ』

「一週間後⁉」

佐知と賢吾と史の声が重なって、東雲家の居間に響き渡《わた》った。


そして二日後。

佐知と賢吾と史の三人はイタリアにいた。

「……何とかなるもんだな」

電話を切ってすぐに様々な手配をして、旅行の準備を整えて。

ここまで辿《たど》り着くための苦労を思い出すと、それだけで佐知の口からため息が出る。

奇跡《きせき》的だったのは、すでに雨宮医院が休診《きゅうしん》の予定だったことだ。史が保育園を卒園し、小学校の入学式まで休みになるこのタイミングで、佐知も休暇《きゅうか》を取ることになっていた。お陰で患《かん》者《じゃ》さん達にそれ以上の迷惑《めいわく》をかけることがなかったのはよかったが、そうでなければさすがにここまで無理な日程でイタリアには来られなかっただろう。

それから、全員がパスポートを所持していた、というのももちろん大きい。

佐知は父の安知《やすとも》が海外で暮らしているためで、史はおそらく母のアリアがいつでも逃《に》げられるようにとパスポートを作っていたのだろう。賢吾は……『佐知が作ってるんだから俺も作っとくに決まってるだろ』と言っていた。意味が分からないが、今回はとにかくそのお陰で助かった。

「ここが、ままがうまれたところ？」

アリアは自分にマフィアの血が流れていることを疎《うと》んで日本へ雲隠《くもがく》れし、それ以来一度もイタリアには戻《もど》っていないと聞いている。だから史が母の生まれた地に来るのも初めてのことで、今日という日をとても楽しみにしていた。

「いや、正確には違《ちが》うな。アリアが生まれたのは南部のほうだと聞いている。ここはもっと北のほうだ」

ジーノには自分の生まれた地で結婚式を行おう、などという気持ちはまるでなかったらしい。古城でドレスが着たい、というサラの願いを叶えるためだけに押さえた場所は、イタリア北部にある町だった。

空港に降り立ってすぐに、三人は雨の洗礼を受けた。春のイタリアの天候は変わりやすい。ざあざあと土砂降《どしゃぶ》りだった雨は、空港まで迎《むか》えに来ていたジーノの部下が用意した車に乗っている間に止《や》み、降りる頃《ころ》には頭上に綺麗《きれい》な虹《にじ》がかかっていて。

「うわあ！　みて！　にじだよ、さち！」

嬉《うれ》しそうに声を弾《はず》ませる史に釣《つ》られて、佐知と賢吾も空を見上げる。

「はは、史を歓迎《かんげい》してくれてるのかな」

「うん！　ぜったいそうだよ！　ままがぼくにいらっしゃいっていってる！」

「よし、じゃあ史のママが晴れにしてくれてるうちに、ジーノに会いに行くか」

「うん！」

三人がジーノの部下に案内されたのは、煉瓦《れんが》造りのアパートメントだった。一ヶ所に定住しないジーノの、いくつかある持ち物件の一つだというそこで佐知達を歓迎したのは、もちろん優とサラである。

「来てくれて嬉しいよ」

広いリビングに入った三人に近づいてきた優は、日本にいた頃よりも肌艶《はだつや》がよかった。元警視庁警備部所属だった過去を持ち、一般人《いっぱん》となった今でもしなやかな体軀《たいく》をしている優だが、そこに品と自信が加わった気がする。

イタリアでの生活が合っているのか、それともジーノに愛されているお陰《かげ》か。おそらく後者だろうなと思いながら奥の一人掛《が》けのチェアに座っているジーノに視線を向けた佐知は、おや？　と違和感《いわかん》を覚えた。

「ふみ、いらっしゃい！」

史に飛びついたサラは、さっそくとばかりに手を引いて広い建物の中を案内し始める。

少し前に心臓の手術を終え、すっかり元気になったように見えるサラだが、まだ油断はできない。はしゃぐサラに心配げな顔をしながらも黙《だま》って見守る優とジーノの姿は、すっかり親である。だが、いつもと違う空気を感じたのはそこではない。

楽しげな声が遠ざかっていくのを見計らって、佐知は苦笑《くしょう》混じりに目の前の二人に声をかけた。

「結婚式《けっこん》があるって聞いたんだけど、俺の勘違《かんちが》いだったかな？」

「…………」

チェアに腰掛《こしか》けたままのジーノは、無言で優に視線を向ける。優はむっと唇《くちびる》を尖《とが》らせたが、すぐに気を取り直した顔で佐知と賢吾に話しかけた。

「分からず屋が駄々《だだ》を捏《こ》ねていてね」

「駄々を捏ねているのはどっちだ」

互《たが》いに佐知と賢吾のほうを見たままで言葉を交《か》わす。むすっとした顔で腕《うで》を組んでいるのがお揃《そろ》いで、一緒に暮らしていると似てくるのかなと佐知は思ったが、それを今言わないだけの分別はあった。

「俺が駄々を捏ねてるって？　駄々を捏ねてるのは、家族を呼ばないって言い張ってるジーノのほうでしょ？」

「家族？　おいてめえ、史を呼ばねえつもりなのか？　何のためにここまで来たと思ってやがる」

せっかくここまで来たというのに、今更史《いまさら》を呼ばないなんて信じられない。初めての結婚式を楽しみにしている史に、今更そんなことを言えるものか。

賢吾が睨《にら》みつけると、ジーノはふんと鼻を鳴らした。

「そっちの家族ではない」

「は？　お前、他《ほか》にも家族がいるのか？」

ジーノの言葉に驚《おどろ》いたのは賢吾だけではない。佐知が思わず優に視線を向けると、優はため息と共に肩《かた》を竦《すく》めた。

「そう、いたんだよ。これまでずっと黙っていたなんて、ひどいと思わない？」

ジーノの家族といえば、史の母のアリアである。だが彼女は鬼籍《きせき》に入っていて、両親もすでにいないと聞いていた。これまでのジーノの口ぶりから、身内はもう史以外にいないのだと思っていたのに。

「黙っていた訳ではない、忘れていたんだ」

「家族を忘れるなんて、信じられる？」

おそらく、ジーノと優の間では何度も繰《く》り返されているやり取りなのだろう。ああ言えばこう言う、といった具合に、ぽんぽんと会話が飛び交う。

「待って。ジーノには、本当に史以外にも家族がいるってこと？　そんなのこれっぽっちも聞いてないんですけど」

だ。

「ほら」

優は鬼《おに》の首を取ったような顔でジーノを見たが、ジーノは視線を合わせることなく黙り込んだ。

部屋に入った時から、明らかに二人の機嫌《きげん》は悪かった。いつもならジーノはどこかしら優に触《ふ》れていたがるのに、優はそれを避《さ》けるように離《はな》れた場所に立っていたし、ジーノもそれに何を言うでもなく黙り込んでいて。優の為《ため》なら何でもするジーノがここまで優に対して不機嫌を露《あら》わにするのは珍《めずら》しいと思ったが、まさか家族のことが原因だったとは。

しかも、ジーノに史以外の家族がいる？　それはすなわち、史にもジーノ以外に母方の身内がいるということになる。

「どうしてそんな大事なことを今まで黙ってやがった」

「だから、忘れていたと言っているだろう」

「家族を忘れるなんて、頭が呆《ぼ》けてるとしか思えねえな」

「家族とは言っても、数えるほどしか会ったことがない。ほとんどはまだ私が純粋無垢《じゅんすいむく》な子供だった頃で――」

「いや、お前にそんな頃はねえだろ」

「黙れ。そして最後は、父だった男の葬式《そうしき》の時だ。あの時はまだファミリー内で争いが絶えなくてな。正直、とっくにファミリーと縁《えん》を切って家を出ている叔父《おじ》のことなど構う暇《ひま》もなかった」

「叔父？」

叔父ということは、ジーノの父か母の弟ということになる。その場合、史にとっては何になるんだろう？

佐知がそんなことを考えている間に、ジーノと優の舌戦《ぜっせん》が再び始まった。

「思い出したからには呼べばいいでしょ？」

「君が他に家族はいないのか、と言うから思い出しただけだ。別に呼びたい訳ではない」

「どうしてそう素直《すなお》じゃないのかな。呼びたくもない相手のことを、わざわざ思い出して口に出したの？」

「君が聞いたからだ」

「だったら、俺が呼んで欲しいから連絡《れんらく》して」

「呼ぶ必要はない」

「ジーノ！」

何度目のやり取りなのか知らないが、あまりに頑《かたく》ななジーノの態度に佐知も首を傾《かし》げる。ジーノの性格上、本当に呼びたくなければ口にも出さない気がするのだ。きっと本人も心のどこかで思うところがあるから、叔父の存在を口にしたはずなのに。

「ジーノ、史にとっても数少ない親戚《しんせき》になる人だよ？　できればこの機会に会わせてあげたいんだけど」

狡《ずる》いとは思ったが、佐知が史のことを持ち出すと、ジーノは大きくため息を吐《つ》いて両手を組んだ。

「……葬式で会った時に、あの男とは縁を切っている。融通《ゆうずう》の利《き》かない男でかなり怒《おこ》ってもいたから、呼んだところで来ないだろう」

「どうして縁を切ったんだ？」

「あの男は私に、ファミリーなど抜《ぬ》けろと言った。勝手だと思わないか？　自分はさっさとファミリーを逃《に》げ出して、私やアリアの辛《つら》い時期に見向きもしなかったのに、ボスが死んだ途端《とたん》に偉《えら》そうに説教など」

「なるほど」

そう言ったのは優だった。それまで絶対に近づかないとばかりに距離《きょり》を置いていたのに、ジーノに近づいて肩にそっと手を置く。

「そのことを後悔《こうかい》しているんだ？」

「違《ちが》う」

即座《そくざ》にそう答えたが、ジーノは優の腰《こし》を抱《だ》き寄せて甘えるように腹に顔を埋《うず》めた。窓から入る日差しに背中越《ご》しに照らされる優の表情は慈愛《じあい》に満ちていて、美術館に飾《かざ》られている聖母の絵を見ているような気持ちにさせられる。

あのジーノがこんな風に誰《だれ》かに甘えるなんて、以前なら考えられなかった。優とサラと出会って、ジーノは良い変化を続けている。きっと今回のこともその一つだ。

以前のジーノだったら、たぶん叔父のことなど顧《かえり》みなかった。優とサラと出会って、愛情というものを取り戻《もど》したジーノだから、叔父との関係を考えるようになったのだろう。

ふむ、と佐知は腕を組んで考える。慌《あわ》ててイタリアまで飛んできたから、まだ結婚祝いを用意できていない。賢吾とはこちらに来てから探そうと話していたが、どうせなら思い出に残るものにしたいと考えていたところだった。

「よし。その叔父さんが結婚式に来るか来ないかは、直接聞いてみたらいいんだよな」

「何がよしだ。佐知、お前またおかしなことを考えてるんじゃないだろうな」

隣《となり》に立つ賢吾が、顔を傾《かたむ》けてこちらを覗《のぞ》き込んでくる。

「おかしなことって何だよ。俺とお前と史で、その叔父さんに会いに行こうってだけだろ?」

ジーノと優は結婚式当日まで準備で忙《いそが》しい。そして身動きが取れない彼らとは違い、佐知達は結婚式までフリーだ。

「何でそうなる! 三人でイタリア観光するって言っただろうが!」

三人が強行軍とも言えるスケジュールでイタリア入りしたのは、結婚式の前にせっかくだから観光をしようと賢吾が言い出したからで、こう見えてロマンティストなところのある賢吾が何やら色々予約していたことは知っている。佐知自身もそれを楽しみにしてはいたが、状況《じょうきょう》が変われば気持ちも変わる。

「叔父さんの住んでるところで、イタリア観光をしよう」

イタリアにいる以上、どこで観光したってイタリア観光だ。佐知がそう主張すれば、賢吾は一瞬《いっしゅん》言葉を失って、それから頭をぐしゃりと掻《か》き毟《むし》った。

「出たよ出た出た！　おいジーノ、どうしてくれる。佐知は言い出したら聞かねえんだぞ。せっかくのイタリア観光が台無しだ」

「え、いたりあかんこうがだいなし⁉　なんで⁉　ぱぱとさちと、いっしょにかんこうするっていったのに！」

一巡《ひとめぐ》りして戻ってきた史が、賢吾の声を聞きつけて慌てて佐知に駆《か》け寄ってくる。

史も今回のイタリア観光を楽しみにしていた一人だ。ぷくりと頰《ほお》を膨《ふく》らませる史の前で膝《ひざ》をつき、佐知は「だってな、史」と話しかける。

「史には、ジーノ以外に親戚がいるんだって。ジーノとママの叔父さん。会いたくないか？」

途端に史の表情がぱあっと明るくなった。身内が少ない史にとって、他にも親戚がいるという言葉が嬉《うれ》しくないはずがない。

「え、ぼくにしんせき⁉　じーのおじちゃんいがいに⁉　あいたい！」

「だよなあ。だからイタリア観光がてら、ジーノの叔父さんに会いに行こう」

「うん！　いこう！　ぼくのしんせきにあいにいこう！」

史は大喜びでぴょんぴょんと飛び跳《は》ね、賢吾の身体《からだ》に飛びつく。

「ぱぱ、ぼくのしんせきだって！　ままのこともしってるかな⁉　きっとしってるよね⁉　たのしみ！」

賢吾は「ははは、は」と力なく笑ってから佐知をぎろりと睨《にら》んできたが、佐知は知らん顔で顔を背《そむ》けた。史の笑顔《えがお》を曇《くも》らせる覚悟《かくご》があるなら反対するがいい。

「おい佐知、史を味方につけるのは狡いだろ」

「だって史の親戚だぞ？　お前は会わせてやりたくないのか？」

「そうは言ってねえが、何も今じゃなくてもいいだろ？　絶縁《ぜつえん》状態ってことは、追い返される確率のほうが高いってことだぞ。無駄足《むだあし》になるだけだろうが」

「でも次はいつイタリアに来られるか分からないし、こういう時でもないと堂々と会いに行けないだろ？　それに追い返されるかどうかなんて、それこそ行ってみないと分からないし」

本当は、賢吾の言っていることのほうが正しいと分かっている。けれど、自分でもお節介《せっかい》だとは思うが、ジーノと叔父の関係を修復するために少しでも力になりたい。

結婚式《けっこんしき》はジーノにとっても特別だろう。その時に叔父のことを思い出したのは、ジーノの中で燻《くすぶ》る気持ちが何かしらあるからだ。

じっと賢吾を見つめる。最初はむっと唇《くちびる》を引き締《し》めていた賢吾だが、佐知がにこっと笑いかけると口端《こうたん》がへにゃりと撓《たわ》み、それから悔《くや》しそうに表情を崩《くず》した。

「……あぁもう！　分かった！　分かったよ！　行けばいいんだろ！」

「やったー！　ぱぱとさちといっしょにいたりあかんこうだー！」

「わーい！　やったあ！」

史とハイタッチして喜ぶ佐知に、足を組み替えたジーノが呆《あき》れ顔をする。

「お前達は本当に、あちこちで家族の問題に首を突《つ》っ込んでいるな」

その程度のいやみは、伊勢崎《いせざき》のお小言に比べたら可愛《かわい》いものだ。若頭補佐《わかがしらほさ》で高校からの後輩《こうはい》でもある伊勢崎の姿を脳裏《のうり》に浮《う》かべ、佐知はなるほどと思った。

そうか、今日は邪魔《じゃま》が入らないなと思ったら、伊勢崎がいないのだ。ここにもし伊勢崎がいたら、賢吾の説得は容易ではなかったかもしれない。あいつがいなくてよかった。

伊勢崎が聞いたら間違《まちが》いなく冷ややかな口撃《こうげき》が飛んでくるようなことを考えながら、佐知はジーノに向かってにやりと笑った。

「へえ、何だかんだ言っても、叔父さんのことを家族だと思ってるんだ」

「…………」

「はは、ジーノ、佐知さんに一本取られたね」

優に頭を撫《な》でられ、ジーノはこつこつと神経質そうにチェアの肘置《ひじお》きを叩《たた》く。

「お前達の思う家族とは、かなり違うだろう。ビスコンティファミリーは、たとえ家族であろうと容赦《ようしゃ》しない一族だった。叔父は私の父だった男がボスになった際に縁を切ったと聞いてい

る。細かい理由は知らないが、聞かなくとも大体は分かる。あの男のことだ、兄弟だろうが容赦なく攻撃《こうげき》しただろう。他人を信じない男だから、叔父《おじ》を故意に追い出した可能性もある」

先ほどからジーノは、自分の父のことを『父だった男』と表現していた。そこに込められているのは、父に対する憎《にく》しみだ。

ジーノの父はひとめぼれした女性を攫《さら》って監禁《かんきん》して無理やり妻にし、生まれた子供であるジーノとアリアのこともほとんど人質《ひとじち》のように扱《あつか》っていたと聞いている。そういうジーノであればこそ、叔父の受けた仕打ちに一定の理解は示せそうなものなのに。

「そこまで分かっていて、どうして叔父さんと仲直りしようと思わないんだ？　叔父さんに非がないなら、歩み寄れそうなものだけど」

「幼い頃《ころ》に会った時はまだ少しましだった気がするが、父だった男の葬式《そうしき》で会った時はひどいものだった。来るなり私に向かって『今すぐマフィアなどやめろ』と言って、『こいつのようになりたいのか？』と骸《むくろ》を指差した」

「それは……かなり、その……エキセントリックなところがある人だな」

マフィアがずらりと並んでいるだろう場で言うには、かなり棘《とげ》がある言葉だ。度胸があると言えばいいのか、命知らずと言えばいいのか。出会ってすぐにジーノに銃《じゅう》を突きつけられた立場からすれば、よくも撃《う》ち殺されなかったものだと思わざるを得ない。

「糞《くそ》みたいな一族と縁《えん》を切った気概《きがい》は認めるが、あの男とは根本的に合わない。最初から人の話を聞く気がないのだからな」

人の話を聞かないという点においては以前のジーノもなかなかだったと思うが、佐知は愛想《あいそ》笑《わら》いで誤魔化《ごまか》す。優も苦笑いしたから、きっと同じことを考えたのだろう。

「お前達は先日も兄弟喧嘩《きょうだいげんか》に首を突っ込んで、痛い目を見たばかりだろうに」

兄弟喧嘩。その言葉で思い出すのは、つい先日の京都での件だ。

東雲組傘下《さんか》の佐野原組の組長である佐野原椿が、行方《ゆくえ》不明だった兄を京都で見つけたという噂《うわさ》を聞きつけたことから始まったあれこれは、結局兄と会うことはできないままで幕を閉じた。その際に賢吾は撃たれて重傷を負い、塞《ふさ》がってはいるものの、今もまだ身体にはしっかり傷痕《きずあと》が残っていて、無理は禁物という状況である。

「てめえ、勝手にこっちのことまで嗅《か》ぎ回るのはやめろ」

「ふん。怪我《けが》までして、みっともないことだ。挙句にその兄を取り逃《に》がしたらしいな。私なら撃ち殺してでも捕《つか》まえるが、相変わらず甘い」

「何だと？」

「あのような危険な男を、いつまで野放しにしておくつもりだ。あれは時限爆弾《ばくだん》のようなものだぞ。いずれまた問題を起こす」

「てめえが何を知ってるって？」

賢吾とジーノが睨み合う。一触即発《いっしょくそくはつ》の空気を緩和《かんわ》させたのは、ぽかりとジーノの頭を叩いた優だった。

「まったく君は素直《すなお》じゃないね。こんなことを言っているけど、賢吾さんが怪我をしたと聞いて心配していたんだよ？」

「別にこの男の心配をした訳ではない。この男が馬鹿《ばか》なせいで、史と佐知が巻き込まれていないかと思っただけだ」

ジーノはつんとそっぽを向いたが、とんとんとせわしなくチェアの肘置きを叩く指が照れている。

優がそばにいてくれるようになってから、ジーノは本当に変わった。以前ならこんな風に自分の内心を簡単に悟《さと》らせることはなかっただろう。それだけ、佐知達に気を許してくれているということもあるだろうが。

「純粋《じゅんすい》に気持ち悪《わり》ぃな」

「賢吾、お前ももうちょっと素直にならないとぶっ飛ばすよ？」

「俺はいつだって素直だろうが」

けっ、と吐《は》き捨てて賢吾は顔を背けたが、その横顔がこちらもほんの少し照れている。お前のほうが気持ち悪いぞ。賢吾のくせにツンデレを発揮するな。

部屋の中に流れた微妙《びみょう》な空気を変えようとしたのか、ジーノが咳払《せきばら》いをする。

「そういえば、あちらも腹違《はらちが》いの兄弟が揉《も》めていたのだろう？　こちらもそうだ」

何をどこまで知っているのかは知らないが、相変わらずの情報網《じょうほうもう》だ。

「お前の親父《おやじ》とその叔父ってやつも、腹違いなのか？」

「そうだ。まあ、こちらではよくあることだな」

よくあること、という言葉にぴくりと頬《ほお》を引きつらせた優が、腕《うで》を組んでジーノを睨みつける。

「へえ。浮気《うわき》が日常茶飯事《さはんじ》ってこと？　俺も気をつけないと」

「優、私は浮気などしない。疑われるのは心外だ。まだ君に愛を伝え足りないということか？　だったら今すぐにでも――」

「わお」

組んでいた優の手を握《にぎ》って引っ張ったジーノが、その手の甲《こう》にキスをして情熱的な視線を向ける。

今にも立ち上がってキスをし始めそうなその様子に、賢吾が手で史の目を塞いだ。

「なぁに？　ぱぱ、どうしたの？」

「こういうのは本来、伊勢崎の仕事なんだがな」

賢吾が伊勢崎の不在を嘆《なげ》く。きっと伊勢崎は、今頃《いまごろ》くしゃみをしているに違《ちが》いない。けれど敏《さと》い伊勢崎とて、まさかこんな理由で話題にされているとは夢にも思わないだろう。

「ストップ！　分かったから！　これだからイタリア男は！」

ジーノの手から自分の手を取り返した優の耳が真っ赤に染まっている。いつでも飄々《ひょうひょう》としているように見える優だが、意外に初心《うぶ》なところがある。そういうところが可愛くてたまらないとばかりに、ジーノの目尻《めじり》が撓《たわ》んだ。

「もう、じーのってば！　いちゃいちゃはきんしっていったでしょ！」

途端《とたん》にサラが飛んできて、ジーノと優の間に入りこんだ。ごく自然にジーノの膝《ひざ》に抱《だ》き上げられる様子は、二人の関係を知らぬ者から見ても家族にしか見えないはずだ。

「すまなかったな、サラ。だが、優があまりにも可愛いから——」

「たしかにゆうちゃんはかわいいけど、おきゃくさまのまえではきんし！」

ぷうっと頬を膨《ふく》らませたサラが、ジーノの鼻を指でちょんと突いた。それは本当に軽い仕草だったが、初対面で突然《とつぜん》銃を抜《ぬ》いたジーノを覚えているだけに、仕方ないとばかりに首を竦《すく》めるジーノの姿はあまりにも意外だった。

サラの母親は、代理ミュンヒハウゼン症候群《しょうこうぐん》による虐待《ぎゃくたい》で逮捕《たいほ》されて服役《ふくえき》中だ。サラはその時にぼろぼろになった身体《からだ》の影響《えいきょう》で心臓の病気を発症し、少し前にジーノの手配で手術を受けた。

手術には莫大《ばくだい》な費用がかかる。優に負担をかけたくないと死を覚悟《かくご》していたサラにとって、自分を助けてくれたジーノはヒーローだ。そしてジーノにとってもまた、サラは宝物のような存在であるらしい。

その理由を本人が教えてくれたことはないが、ジーノはサラの教育に熱心で、尚且《なおか》つ大変甘い。それこそ、古城でドレスを着たいというサラの願いを叶《かな》えるために、わざわざ古城を借り切って結婚《けっこん》式をしてしまうほどに。

「さすがのお前も、子供には勝てねえか」

「子供だからではない。サラだからだ」

「へえ。すっかり牙《きば》を抜かれちゃって、まあ」

「お前にだけは言われたくない台詞《せりふ》だな」

「ほらほら。すぐ喧嘩《けんか》しない」

喧嘩するほど仲が良いと言うから、この二人は実はとても気が合っているのかもしれない。

それはそれで腹が立つ。幼馴染《おさななじ》みで恋人《こいびと》で家族であるという自負はあるが、いつだって賢吾と一番気が合うのは自分でありたい。

最近の賢吾は以前より雰囲気《ふんいき》が柔《やわ》らかくなって、その分色んな人達との係《かか》わりが増えた。誰《だれ》かと賢吾が楽しげにしていると、喜ばしい反面、悋気《りんき》も顔を出す。嫉妬《しっと》深《ぶか》いのは、何も賢吾ばかりではないのだ。悔《くや》しいから絶対に言わないが。

悋気に気づかれないように精々呆《あき》れた顔をして、佐知は賢吾の耳を引っ張って二人の言い合いを止める。

「いちいち喧嘩してたら、いつまで経《た》っても話が前に進まないだろ？　それで？　他《ほか》に叔父さ

ん の情報はないの？」

良い返事を勝ち取るためには、まずは敵を知らなければならない。情報を寄越《よこ》せと意気込んだ佐知に、ジーノはふむと顎《あご》に手を置いた。

「私が言うのも何だが、叔父は親に捨てられたようなものだとファミリー内の噂で聞いたことがある。母親は彼を産んですぐに行方が分からなくなり、父親は叔父《おじ》を顧《かえり》みることはなかったらしい。まあ、そのせいかは分からないが、かなり疑《うたぐ》り深くて偏屈《へんくつ》な性格だった。葬式《そうしき》の時にも出されたものに口をつけなかったし、式の最中と言ったらあれだった訳だからな」

「なるほど。優さんと出会う前のジーノと同じってことだな」

佐知が神妙《しんみょう》な顔で頷《うなず》くと、優がそれにぷっと噴《ふ》き出した。

「確かに。血は争えないってやつかな？」

「優。君まで何を言うんだ」

ジーノは失礼だと眉《まゆ》を顰《ひそ》めたが、途端に賢吾が嬉《うれ》しそうにからかい始める。

「ははっ、確かにいきなり人の家に乗り込んできて銃《じゅう》を突《つ》きつけるようなやつが言えた義理じゃねえよなあ」

「今すぐその口に銃口を突きつけてやってもいいんだぞ？」

「上等じゃねえか。やれるものならやって――」

「いい加減にしなさい！」

佐知と優の声が重なり、二人の手が同時に賢吾とジーノの耳を引っ張った。今度はさっきより強く引っ張ってやる。楽しそうに言い合いするな。

「痛い！　耳が千切れたらどうすんだ！」

「心配するな。責任を持って縫《ぬ》ってやるから」

「そういうことじゃねえだろ！」

ぎゃあぎゃあ騒《さわ》ぐ賢吾と無言で痛そうに耳を撫《な》でるジーノを見て、サラが肩《かた》を竦める。

「ふたりとも、ほんとうににたものどうしね」

「ほんとほんと。ぱぱとじーのおじちゃんはにたものどうしだね」

子供達に呆れられて不貞腐《ふてくさ》れた顔までそっくりだと思ったことは、さすがに黙《だま》っておいてやった。二人ともまた怒《おこ》り出すだろうから。

「ねえさち！　みて！　おさかながおよいでるよ！」

「見るのはいいけど、身を乗り出しすぎて落ちないようにな」

三人が今乗っているのは、小さな舟《ふね》である。ジーノの叔父が住んでいるのはイタリアの北西部にある小さな島で、そこに行くためには一日二便しかない小舟に乗るしかなかった。

『用心深い性格の人間が住むには格好の場所だな』

いやみっぽくそう言ったジーノを思い出しながら、佐知は目前に広がる島を眺《なが》める。歩いてもそう時間がかからずに一回りできそうな小さな島だ。おそらく住民も少なく、小舟でしか行き来できないとなると、出入りを把握《はあく》するのは容易《たやす》いだろう。

確かに、もしもジーノがマフィアをやめたら住みそうな島である。そんなことを言えば、ジーノは怒るに違いないが。

「さあ、どんな人かな」

「すぐに追い返されるに決まってる。そうしたら近くの町を観光して帰ろうぜ」

「やる前から諦《あきら》めるなよ。これはジーノの結婚式のためなんだぞ？」

「そうだよ、ぱぱ！　ちゃんとまじめにやって！」

ここに来るに当たり、先方には連絡《れんらく》を入れていない。叔父が本当にジーノの言うような人だとしたら、アポを取っても断られるだろう。むしろあらかじめ来ると分かっていたら、どこかに身を隠《かく》される可能性もある。

ここは先手必勝。相手に考える隙《すき》を与《あた》えず、懐《ふところ》に飛び込む所存である。

『ほら、もうすぐ着くぞ』

着岸の準備をしながら、舟の船主が何やら言った。

『ああ、助かった。帰りは何時だ？』

『五時には出発する』

『分かった。また頼《たの》む』

着岸するのを待って、船主にチップを渡《わた》した賢吾が舟を降り、佐知に向かって手を伸《の》ばしてくる。その手を取りながら、佐知は思った。

「ぱぱ、かっこいいね！」

「うわっ！」

自分の心情が声になったのかと思ったぐらいのタイミングで史の弾《はず》んだ声が聞こえ、思わず体勢を崩《くず》してしまった佐知の身体を賢吾が危なげなく受け止める。

「あっぶねえなあ。ちゃんと前を見ろよ」

「ご、ごめん」

だって異国で堂々としている賢吾を見ていたら、改めて俺の賢吾は恰好《かっこ》いいなと思ってしまったのだ。

イタリアに来て、佐知はものすごく驚《おどろ》いた。賢吾はいつの間にこんなにイタリア語が話せるようになっていたのか。ちっとも知らなかった。

幼馴染みとして長く一緒《いっしょ》にいるはずなのに、賢吾にはまだまだ佐知に見せていない部分がある。それが何となく悔しい。どうも最近、俺ばかりが好きになっている気がする。

「何だよ？」

賢吾の腕《うで》の中でじっと顔を見ていたら、賢吾が何かついてるのか？　という顔をした。こういう時は、すぐ考えていることが分かるのに。

「べっつにぃ」

賢吾がフランス語を覚えたのは、佐知が大学の第二外国語の授業でフランス語を学んでいたからだった。もしかしたらいつか佐知がフランスに行くかもしれないから、それまでに自分も覚えておこうと思った、なんて可愛《かわい》いことを言っていた賢吾だが、だとしたらイタリア語も自分に何か関係が？　そこまで考えて、いかんいかんと考え直す。賢吾の行動全部が自分のためだと思うなんて、あまりに自意識過剰《かじょう》すぎる。

「ねえぱぱ！　つぎはぼくのばんでしょ！」

賢吾は痺《しび》れを切らした史の手を取り、降りるのを手伝ってから笑った。

「悪《わり》ぃな、佐知が俺に見惚《みほ》れてたもんだから」

「み、見惚れてない！」

「あのね、ぼくもぱぱにみほれてたよ？　だってぱぱかっこよかったもん！」

「そうか？」

「うん！」

「だから、見惚れてないって！」

顔を真っ赤にして否定する佐知を置いてけぼりに、手を繋《つな》いだ賢吾と史が笑い声を上げて歩き出した。

「佐知はー、俺がー、大好き」

「だって、かっこーいいからー」

「変な替《か》え歌を作るな！」

じゃり、と歩くたびに音がする舗装《ほそう》されていない道を走って、二人の背中を追いかける。

島に入る者を歓迎《かんげい》する門であるかのように植えられたミモザの木と、どこかの家から流れてくる食欲をそそる食べ物の匂《にお》い。漂《ただよ》う空気も慣れ親しんだものとは少し違《ちが》っていて、ここが日本でないことを今更《いまさら》実感した。

「おい佐知、早く来いよ」

立ち止まると、先を歩いていた賢吾が振《ふ》り返る。史も一緒に振り返って、「さち！」と空いたほうの手を差し伸べてきた。

「今行く！」

ほんの少しだけ心細くなった気持ちが、二人に近づくごとに消えていく。自分はたぶん、ホームシックではなく東雲家シックになるから、どこに行くにもこの二人が必要だな、と佐知は密《ひそ》かに笑った。

「ここか」

小さな島にはやはり住人が少なく、すれ違う人もほとんどいなかったが、その数少ない一人を何とか捕《つか》まえて尋《たず》ね、ようやくたどり着いた一軒《いっけん》の家。

門を潜《くぐ》ると見えてきた煉瓦《れんが》造りの建物には、長い年月を経てきた風合いが感じられる。二階のバルコニーから直接降りられる階段の端《はし》には可愛らしい猫《ねこ》の置物が置かれ、中庭に置かれたテーブルには美しいクロスが敷《し》かれていた。

「うわあ、かわいいおうち！」

「本当にここか？」

賢吾が首を傾《かし》げるのも無理はない。開放的で遊び心のある空間は、とてもジーノから聞いたような偏屈《へんくつ》な男性が住んでいるとは思えなかった。

「とにかく聞いてみよう」

カーテンがかけられて開け放たれたままの入口の前に立ち、佐知が視線で賢吾を促《うなが》そうとした時だ。

『誰《だれ》だ』

突然《とつぜん》背後から声をかけられ、心臓が止まるかと思った。反射的に振り向くと、そこにはナイフを手にした男が立っていて。

「うわ！　け、決して怪《あや》しい者では……っ！」

海外と日本ではマナーが違う。国によっては勝手に私有地に入れば何をされても文句は言え

ない、などと日本を出る時に伊勢崎に脅《おど》されていたことを思い出した佐知は、思わず日本語で叫《さけ》んだ。

すぐに賢吾が佐知の前に立つ。せめて史だけは何としてでも守らなければ。佐知も慌《あわ》てて史を抱《だ》き上げて庇《かば》うと、男が訝《いぶか》しげに言った。

「日本人、か？」

「そうです！　日本人です！　だから俺、マナーとかそういうのが全然分からなくて！　悪気があった訳じゃ……え？」

慌ててまくしたててから、今聞こえてきたのが日本語であることに気づいて、恐《おそ》る恐る男のほうを振り返る。

どう見ても日本人ではない。今のは佐知の願望が聞かせた幻聴《げんちょう》だったのだろうか。

「何だ、あんた日本語が話せるのか」

「え？　やっぱり今の日本語？　俺の空耳じゃなくて⁉」

賢吾にもちゃんと日本語に聞こえていたらしい。ほっとして身体《からだ》から力を抜《ぬ》く佐知とは対照的に、男は警戒心《けいかいしん》も露《あら》わに眉間《みけん》に皺《しわ》を寄せる。

「日本人がどうしてこんなところにいる」

「実は俺達、ルカ・ビスコンティという人を捜《さが》していて」

「……そいつに何の用だ」

「その人の甥《おい》が結婚式《けっこんしき》をすることになったので、招待状を持ってき――」

「帰れ」

男はすげなく言って、持っていたナイフで近くの木の枝を切り落とし始めた。どうやらオリーブの木の枝の剪定《せんてい》をしていたらしい。ナイフを突《つ》きつけようとしていた訳ではないと分かって、佐知は密かに胸を撫《な》で下ろした。

「あの、とにかくルカさんに会わせて欲しいんです。少しでもいいからお話を――」

「必要ない」

「そんな……勝手に決めつけないで、まずは本人の意思を確認《かくにん》してくれてもいいんじゃないですか？」

「俺だ」

「え？」

「だから、俺がルカだ。俺が必要ないと言っているんだから、さっさと帰れ」

この人が、ルカ？

佐知は改めて目の前の男に視線を向ける。

ジーノの叔父《おじ》というからには、それなりに年配の男性なのだと思っていた。だが目の前にいる男は、一見すると佐知達と同じ年代にしか見えない。海外の人は日本人よりも年齢《ねんれい》が上に見られやすいということを考えれば、驚異《きょうい》的である。

白のワイシャツにデニムというラフな姿だが、妙《みょう》に色気がある。佐知が予想していたジーノの叔父の姿とはまるで違っていた。体格が大きくて威圧《いあつ》的な中年男性を想像していたのに、目の前にいる男は細身で涼《すず》やかな美貌《びぼう》の若々しい姿だ。

ジーノと似ている部分があるとすれば、イタリア系には珍《めずら》しい金髪碧眼《きんぱつへきがん》というところだろうか。ジーノ曰《いわ》く、先々代だかそれより前の代だかのボスが無理やりに攫《さら》ってきた美女を妻にした名残《なごり》らしい。ビスコンティ一族は、代々無理やり攫ってきた者を妻にする決まりでもあるのか。ジーノが優と出会えて本当によかった。

「あなたが、ジーノの叔父さんなんですか？」

ジーノ、という名前を聞いた途端《とたん》、ルカは不快そうに顔を顰《しか》めた。

「あいつの差し金か。今更一体何だ。わざわざ日本人を派遣《はけん》するとは、あいつも卑劣なことをするようになったものだな。誘《おび》き出して殺そうとでもいうつもりか？　そんなことをしなくとも、二度とお前に係《かか》わるつもりはないとあいつに伝えろ」

切った枝を地面に投げ捨てているのが、最早《もはや》八つ当たりに見える。ジーノから聞いた通り、どうやら一筋縄《ひとすじなわ》ではいかなそうだ。

それにしても、驚《おどろ》くほど日本語が堪能《たんのう》である。ジーノは母親が日本人だったから覚えたと言っていたが、この人は何故《なぜ》日本語がこんなに話せるのだろう。聞いてみたいが、まずはあからさまに敵対心を持たれている状況《じょうきょう》を何とかしないと。

さてどうしたものか、と佐知が考え始めた時、腕《うで》の中の史が藻掻《もが》いて、佐知の腕から飛び降りた。

「ねえ、このひとがじーのおじちゃんのおじさんなんでしょ⁉」

「あ、こら、史！」

止める暇《ひま》もなく、史はルカのところに走り寄ってそのままぴょんと足に飛びついた。

「えへへ、おじさんこんにちは！」

ルカはぎょっとした顔をしたが、じっと史の顔を見つめ始める。物怖《ものお》じしない史はにこにことその目を見返していたが、佐知はいつルカが史を振り払《はら》うかと気が気じゃない。

「史、いきなり飛びついちゃ駄目《だめ》だろ？　ほら、こっちに戻《もど》って——」

「ジーノの子か？」

言葉を発したのはルカだった。邪険《じゃけん》にすることなく史を見つめたままの問いに答えたのは、それまで黙《だま》って成り行きを見ていた賢吾で。

「アリアの子だ」

「……ああ、あのうるさいほうか。今日は一緒《いっしょ》じゃないのか？」

ジーノが絶縁《ぜつえん》状態だと言っていたのは本当なのだ。アリアのその後を知らないルカに、どう話をするべきか。佐知と賢吾が目を合わせている間に、史があっさりと言った。

「ままはおそらのうえにいるよ？」

「……っ」

ルカは息を呑《の》んだが、史はそれを気にすることなくにこにこと笑う。

「おじさん、ままとちょっとにてるね！　あのね、じーのおじちゃんもちょっとだけままとにてるの！　でもおじさんのほうがままににてるきがする！　きっとわらったらもっとにてるよ？」

「俺は……」

『ルカ？　お客様かい？』

カーテンの奥からひょっこりと誰かが顔を出して、何かを言いかけたルカが振《ふ》り返る。まさか他《ほか》に人がいると思わなくて、佐知と賢吾もそちらに視線を向けた。

『フィリップ』

フィリップと呼ばれたのは、これまたとんでもない美しさを持つ男性だった。黒くて長い髪《かみ》を後ろで緩《ゆる》くひとまとめにしていて、こちらを見るヘーゼルの瞳《ひとみ》は憂《うれ》いを帯びているように優《やさ》しく光る。この人は、一体誰だ。

『子供？　ルカ、まさか君の隠《かく》し子？』

『あり得ないと分かっていてからかうのはやめろ。アリアの子だそうだ』

『アリアって、君の姪《めい》の？』

『ああ』

「ねえ、ふたりでなにおはなししてるの？　ぼく、ぜんぜんわからないよ！」

「君は日本から来たの？」

驚いたことに、フィリップの口からも日本語が飛び出した。あまりに流暢《りゅうちょう》で、ここがイタリアであることを忘れてしまいそうになる。

「うん！　ぼくもさちもぱぱも、にほんからきたよ！」

「パパとさち？」

フィリップは戸惑《とまど》った顔をしたが、すぐに気を取り直した様子で微笑《ほほえ》む。

「立ち話も何だから、中へどうぞ」

『おい』

『ちょうどクッキーが焼けたんだ。ルカは焼き立てが好きだろう？』

後半は何を言ったか分からないが、気安い様子とラフな恰好《かっこう》から見て、どうやら彼もここに住んでいるらしい。

独り身の偏屈《へんくつ》な叔父。ジーノからは要約するとそのような説明を受けていたので、まさかそんな人に同居人がいるとは思わなかった。

驚く佐知と賢吾をよそに、フィリップは「どうぞ」とこちらに笑いかけてからカーテンの向こうへと消えていく。

佐知は賢吾と目を合わせたが、迷うことはなかった。今の男性が誰《だれ》かは分からないが、お陰《かげ》でとりあえず第一関門は突破《とっぱ》することができそうだ。

「じゃあ、お言葉に甘えて遠慮《えんりょ》なく」

ルカが招かれざる客だとばかりに眉間に皺を寄せていることには気づいていたが、佐知は素知らぬ顔でにっこり笑ってカーテンを潜《くぐ》る。

小さくちっと舌打ちが聞こえてきたのは、帰って欲しかったルカか、それともイタリア観光に行きたかった賢吾のどちらのものだったのだろうか。

「ねえ、もういっこたべてもいい!?」

「もちろん。いっぱい食べてもらえると嬉《うれ》しいよ。でも、彼もクッキーが大好きだから、彼の為《ため》にも残しておいてもらえると嬉しいな」

カーテンを潜ると、そこには広いリビングが広がっていて。通されたのはその奥にあるダイニングキッチンで、長いテーブルの奥の席、いわゆる王様席にルカが黙って腰《こし》を下ろすのに倣《なら》って、佐知達もその左側に仲良く三人並んで腰を下ろした。それからずっと、史は出されたクッキーに夢中である。

『別に、俺はそこまで食い意地が張ってない』

『そうだね。焼き立てが食べたいだけだものね』

イタリア語で何やら会話をした後、フィリップは取り分けたクッキーを皿に載《の》せてルカの前に置いた。ルカは憮然《ぶぜん》とした顔をしたが、フィリップがコーヒーをことりとそばに置くと、クッキーに手を伸《の》ばして食べ始める。

食べるんだ。口に出さなかったことを奇跡《きせき》だと思った。

彫《ほ》りの深く美しい顔立ちなだけに、にこりとも笑わないルカは佐知の目に怖《こわ》く映ったが、何故か苦手意識は湧《わ》かなかった。史もルカの無愛想を気にも留めていないようで、それどころかにこにこと楽しそうに何度も話しかけている。

「あのね、じーのおじちゃんがね、けっこんしきをするんだよ？　すっごくおおきなおしろでするんだって！　だからおじさんもいっしょにいこう？」

「……小さな子供を使って同情を引こうなどとは、さすがマフィアだな」

『ルカ、子供の前だよ？』

『あいつらはいつだってやり口が汚《きたな》いんだ』

フィリップはルカの肩《かた》をぽんと叩《たた》いた後、佐知と賢吾にもコーヒーを入れてくれた。それから最後に、史の前にことりとグラスを置く。

「これなぁに？」

「ブドウジュースだよ？　嫌《きら》いかい？」

「ううん！　だいすき！」

史はこくりと一口飲んでから、ぱあっと表情を輝《かがや》かせてごくごくと飲み始めた。そんな様子を横目で確認《かくにん》して、佐知は改めて二人に挨拶《あいさつ》をする。

「ええっと、自己紹介《しょうかい》が遅《おく》れてすみません。俺はえっと……東雲佐知、です」

今でもまだ、東雲という名字に慣れない。嫌《いや》だという訳ではなくて、何となく声に出すのが気恥《きは》ずかしくて。少し声を上擦《うわず》らせた佐知に口角を上げ、賢吾が続きを引き取った。

「そして俺が東雲賢吾。ここでブドウジュースに夢中なのが東雲史で、あんたの身内になる訳だ」

「全員が東雲？　どういう関係なんだ？」

「ぼくとぱぱとさちはかぞくなの！」

ぷはっとブドウジュースを飲み干した史が、クッキーを手に取って誇《ほこ》らしげに頬《ほお》をぽっことさせて笑う。

「家族？」

ルカが眉根《まゆね》を寄せる。史の前で詳《くわ》しい話をする訳にもいかず、どう説明するべきかと考えあぐねている間に、ルカの右手の席に腰を下ろしたフィリップの目が佐知の指に向いた。

「なるほど、君達はパートナーなんだね」

「そうだ」

今度は賢吾が誇らしげな顔をして、自らの指に嵌《はま》った指輪を翳《かざ》す。

「ちょっと待て。史はアリアの子なんだろう？　ということはどちらかはアリアの夫だったんじゃないのか。それなのに男と結婚《けっこん》だと？　アリアを弄《もてあそ》んだのか？　ジーノは一体何をしている。俺なんかをつけ狙《ねら》うぐらいなら、こいつらを殺すほうが先だろうが」

ルカの指が、苛々《いらいら》とテーブルを叩いた。フィリップがその手にコーヒーを渡《わた》すと、怒《いか》りに任せてぐびりとコーヒーを飲んでから、はあと息を吐《つ》く。

「今は詳しくは話せねえが、アリアとはあんたが思うような関係じゃなかった」

ちらりと賢吾の視線が史に向くと、ルカは小さくため息を吐いた。事情は汲《く》んでくれたらしいが、続いた言葉は辛辣《しんらつ》なままで。

「子供を連れて、男同士で家族ごっこか」

賢吾の目が佐知に向いた。賢吾はいつだって、佐知の気持ちを最優先する。今だって、佐知がルカの言葉で傷ついていないか確認したのだ。まったく馬鹿《ばか》なやつだ。こんなに愛されて、今更《いまさら》その程度の言葉で傷つくはずなんかないだろうが。

「かぞくごっこじゃなくて、ぼくとぱぱとさちはかぞくだよ？」

誰よりも先に反論したのは史だった。いや、本人は反論とすら思っていないのだろう。ごく当たり前にそう言って、クッキーをしゃくりと噛《か》んだ。

「あのね、ぼくがぱぱとさちにぼくのかぞくになってっていったの。だからだれかがぼくのかぞくをばかにしたら、ぼくがたたかうんだ」

史はそう言ってにこっと笑う。賢吾が小さく噴《ふ》き出すのが聞こえ、佐知はテーブルの下で賢吾の足の甲《こう》を踏《ふ》みつけた。さすがに子供に対して毒舌《どくぜつ》を披露《ひろう》する気はないのか、ルカは不機嫌《ふきげん》に黙《だま》り込む。

「史君は強いんだね」

フィリップが史の言葉に穏《おだ》やかに頷《うなず》いた。

ルカとは違《ちが》って、フィリップは最初からずっと佐知達に対して好意的である。だが、この二人の関係性がちっとも見えてこない。

この人は誰なんだろう。そして、ルカとはどんな関係なのだろう。そういう気持ちが表情に表れてしまっていたらしい。

「ああ、挨拶が遅れてしまったね。私はフィリップ。ルカとは学生時代に知り合ってね。生まれはフランスだけれど、もう人生の半分以上はイタリアで暮らしている」

なるほど。彼はフランス人であるらしい。ルカとはまた違う系統の美しさを、佐知は改めて眺《なが》める。

フィリップもまた、年齢不詳《ねんれいふしょう》だ。学生時代にルカと知り合ったということは、きっと彼もそう若くはないはずだが、ルカと同じく佐知達と同年代にしか見えない。

時を止めてしまったような美しさに見惚《みほ》れていると、賢吾が隣《となり》で咳払《せきばら》いをした。ほんの少し目を奪《うば》われただけで気づくのはさすがである。これは間違《まちが》いなく後で拗《す》ねるな。機嫌を取るのが面倒《めんどう》だなと思いながら右側を向くと、ルカの表情もむっとしていた。おや？

「彼とここで暮らし始めてから、そろそろ二十年になるかな」

「二十年？　それはまた、長いですね」

二十年も一緒《いっしょ》に暮らす関係。こう言っては何だが、先ほどからの二人の様子はまるで夫婦《ふうふ》の
ようだった。ルカが何も言わなくても当たり前の顔で世話を焼くフィリップは、さながら亭主《ていしゅ》
関白な夫を持つ妻といった様子で。だが立ち入ったことを聞く訳にもいかず、佐知は愛想笑《あいそわら》い
でお茶を濁《にご》した。なのに。

「二十年も一緒にいるなんて、ただの友人なのか？」

「おい、馬鹿っ」

「は、誰《だれ》も彼もが自分達のような――」

「ああ!!」

突然《とつぜん》史が大声を出して、ルカの言葉がかき消される。

「ねこだ!!」

立ち上がった史が指を差した先には、確かに猫《ねこ》の姿があった。

「ああ、ブルローネ。やんちゃなお姫様《ひめさま》のお帰りだね」

ブルローネと呼ばれたのは、真っ黒な猫だ。スリムな身体《からだ》でぴんと尻尾《しっぽ》を伸ばして貴婦人の
如《ごと》く堂々と歩いてきた、どうやら彼女と呼ばれる性別らしいブルローネは、フィリップの足元

にすりっと擦《す》り寄ってから値踏《ねぶ》みするみたいに佐知達の後ろを歩く。

「ねえぱぱ！　ぼく、ぶるろーねとあそんできたい！」

「お前が遊びたくても、そいつがどう思うかは分からねえぞ？」

「ふふ。彼女にもたまには刺激《しげき》が必要だからね。遊んであげるといい」

「やった！」

史がブルローネを追いかける。ブルローネはちらりと振《ふ》り返ってから、飛ぶように廊下《ろうか》へと去って行った。

『フィリップ』

ルカに微笑《ほほえ》みかけてから、フィリップはこちらに向かって日本語で話しかけてくる。

『大丈夫《だいじょうぶ》。ブルローネは君よりお客様の相手が上手だから』

「君達も、彼がいないほうが話しやすいだろうしね」

確かに、史の前では言えることと言えないことがある。史が知っていても、改めて聞かせたくないことだって。

史が席を外したところで、佐知と賢吾は改めて三人の関係を説明した。賢吾は戸籍《こせき》上の父親ではあるが、本当の父親ではないこと、佐知と賢吾は恋愛《れんあい》関係にあって、養子縁組《ようしえんぐみ》という形で三人が家族になったこと、そして亡《な》くなるまでのアリアと、ジーノの今について。

佐知達が話し始めた時から不機嫌そうだったルカの表情があからさまに変わったのは、ジーノの現在の話になってからのことだ。優という青年と愛し合っていて結婚すると決めたことを話した時には、ルカは最早《もはや》怒りを通り越して呆《あき》れたとでも言わんばかりの表情だった。

「ジーノの結婚式に参列してやってください」

この言葉を発した時には、すでにルカの返事は予想出来ていた。

「ふざけるな」

冷ややかな声は、感情を押し殺したものだった。ここにいるのがジーノ本人だったとしたら、もしかしたら怒鳴《どな》りつけられていたかもしれない。

「日本ではどうだか知らないが、この国では同性同士が添《そ》い遂《と》げるなんてのは簡単なことじゃない」

「日本でも、別に簡単な訳じゃねえよ。そもそも法的には結婚はできねえしな」

「ならその指輪は何だ。それこそごっこ遊びだろうが」

ルカの視線の先にある自分の指輪がよく見えるように、佐知は左手を翳す。

賢吾が佐知のために用意してくれたもの。佐知と賢吾を繋《つな》ぐ、大事なものだ。この指輪を恥《は》じるつもりはない。誰に見られても、聞かれても、佐知は堂々と答えることができる。

「結婚はできませんけど家族にはなれるので、これは家族になった証《あかし》です」

『……馬鹿馬鹿《ばかばか》しい』

呟《つぶや》きは日本語ではなかったが、何か侮蔑《ぶべつ》の言葉を吐き捨てられたことは分かった。賢吾の手がぴくりと動いたからだ。その手をぎゅっと握《にぎ》りこんで落ち着かせる。

「別に、俺達のことを皆《みんな》に理解してもらいたいとは思いません。誰に恥じるつもりもないし、ただ好きな者同士が共に生きる誓《ちか》いを立てることの何が悪いのかと思うけど、だからといって自分の意見を誰かに強制するつもりはない。でも理解できないものだからといって、貶《けな》されることを受け入れるつもりもありません」

人はそれぞれ考え方の違う生き物だ。それこそ生まれた場所や生きてきた道筋によって、常識も違えば信じるものも違う。そうである以上、他者を完全に理解することなど誰にもできない。でもできないからこそ、それぞれの違いを受け入れて生きたいと佐知は思うのだ。

佐知がそういう考え方をするようになったのは、賢吾と史のお陰《かげ》だ。

佐知は完璧《かんぺき》ではなくて、何度だって失敗する。それは賢吾も史も同じで、けれどそういう失敗の中で学ぶことも多くあった。感情の行き違い、言葉のすれ違い、優《やさ》しさだけではなく厳しさの中にだって愛情が隠《かく》れていることもあると知った。

いつだって素直《すなお》に愛情を表現するのが史で、言わずに寄り添うのが賢吾、なかなか素直になれないのが佐知で、けれど三人とも、それぞれの違いをそのまま愛している。

「ここで言うよりも、どこかの議場にでも立って演説してくるべきだな」

「別に、ジーノが同性を好きになったことを受け入れてくれと言っている訳じゃないんです。家族として、彼の晴れの場に立ち会ってあげて欲しいだけなんです」

「祝福もしないのに、結婚式《けっこん》に出ろと？　それこそ偽善《ぎぜん》だな。お前達の自己満足――」

「素直じゃないね。ジーノ君のこと、ずっと気にしていたくせに」

そう言って口を挟《はさ》んだのは、フィリップだった。途端《とたん》に顔を真っ赤にしたルカが、どん！　とテーブルを叩《たた》く。

『誰があんなやつ……！』

よほど腹が立ったのか、ルカはイタリア語だったが、フィリップは落ち着いた声でそれに日本語で答えた。

「結婚式に出るぐらいなら、神様だってお目こぼしくださるよ」

それを聞いたルカの変化は、劇的だった。がたりと大きな音を立てて椅子《いす》を蹴《け》るようにして立ち上がり、今日一番の大声を出す。

「俺に対する当てこすりか⁉」

「ルカ、そうではないよ。私はただ――」

『うるさい！』

フィリップを睨《にら》んだルカは、それ以上何も聞きたくないとばかりに部屋を飛び出した。フィリップは慌《あわ》てて後を追いかけようとしたが、すぐに佐知達の存在を思い出した顔で席に着き直す。

「追いかけなくていいんですか？」

ルカは相当怒《おこ》っていた。あのまま放《ほう》っておいて大丈夫なのだろうか。

「追いかけても、怒られるだけだからね」

フィリップは悲しげに笑った。ルカとの付き合いが長い彼がそう言う以上、佐知にはもう何も言えない。佐知がルカなら追いかけてきて欲しいと思うが、ルカがそうだとは限らないからだ。

「当てこすりってどういう意味だ?」

賢吾の言葉にフィリップは目を伏《ふ》せたが、少しの間の後でぽつりぽつりと話し始める。

「……私は……そうだな、もう二十五年になるのかな……彼に告白して振られて、それでも彼を諦《あきら》めきれずに、そばに置いてくれるだけでいい、それ以上は何も望まないからと懇願《こんがん》して、お情けでそばに置いてもらっているんだよ」

もしかしたらこの人は、とある程度の想像はしていたが、実際に告げられた事実には驚《おどろ》きと戸惑《とまど》いがあった。

ルカはまるで男同士の恋愛を毛嫌《けぎら》いしているような様子だったから、すでに告白をして振られた上でそばにいるとは思わなかったのだ。

まだ出会ってそれほどの時間は経《た》っていないが、毛嫌いする相手をお情けでそばに置くような人には思えない。

話している間も、フィリップの声には迷いがあった。両手を組み、小さく懺悔《ざんげ》するように紡《つむ》がれた言葉は、彼がずっと抱《かか》え続けたものの重さを感じさせる。それを話す気になったのは、自分達がここに定住することのない外国人だからだろうか。旅の恥《はじ》はかき捨てと言うが、それは旅先の側にも言えることかもしれない。

「二十五年も、ずっと、か？」

賢吾が驚くのも無理はない。可能性がないと分かっていながら、それでもそばにいるというのは、どれほど辛《つら》いことなのだろうか。

「いっそ押し倒《たお》してものにしようとは思わなかったのか？」

「私は一度、彼に逃《に》げられているから。彼がいなくなることが何より怖《こわ》い」

組まれた両手に力が籠《こ》もる。その時のことを思い出したのだろう。

佐知の手の中に握りこまれた賢吾の手も、ぴくりと動いた。

――佐知も一度、賢吾から逃げている。

『お前は一度、俺を捨てただろうがっ、そんなお前と俺が対等な訳ねえだろう！』

初めて抱《だ》かれた夜、賢吾が怒鳴った言葉は今も耳に残っていた。

佐知は一度、大学病院に残って医院を継《つ》がないと決めた。あの時の佐知は、間違《まちが》いなく賢吾の存在を捨てようとしたのだ。

実際にそれができたかどうかは問題ではない。賢吾の中には、まだ確かにあの時の傷が残っている。それは佐知がこれから一生をかけて償《つぐな》っていくものだ。

「逃げられた、というのは？」

「……出会った時から、私は彼に夢中だった。好きで好きでたまらなくて、何度も彼に愛を伝えたよ？　彼も満更《まんざら》でもないように見えたから嬉《うれ》しくて、ある日彼にキスをしたんだ。……そうしたら、翌日には彼はいなくなってしまった。見つかるまでの数ヶ月、生きた心地《ここち》がしなかったよ」

「数ヶ月も……」

「その時に彼が逃げたのが日本だ。彼は元々日本が大好きでね。日本語も学んでいる最中だったから、ちょうど良かったんだろう。その時の縁《えん》が元で、今は日本文学の翻訳《ほんやく》を仕事にしている」

ルカが流暢《りゅうちょう》な日本語を話す理由が分かって、佐知は小さく頷《うなず》いた。そしておそらく、この人が日本語を話せるのは賢吾と同じ理由なのだろう。次にルカが日本に行く時は、自分も共に行くために覚えたのだ。

「捜《さが》して捜して、やっと見つけて彼に懇願した。二度といなくならないで欲しい、とね。彼はしばらくしてイタリアに戻《もど》って、この町に住み始めた。町とは言っても、その頃《ころ》にはここはもう廃《すた》れていて、ほとんど誰《だれ》も住んでいなかったんだ。物騒《ぶっそう》で心配で、私は頻繁《ひんぱん》にここに通って、ある日とうとう我慢《がまん》しきれずにここに住みたいと申し出て、渋《しぶ》る彼を説《と》き伏せて。それ以来ここに住ませてもらっているんだよ」

一見穏《おだ》やかな人に見えるが、その実とても情熱的な人らしい。それとも、ルカへの愛がこの人を変えたのだろうか。

「彼のいない人生を送ることはできないと、私は痛いほど分かっている。今こうしてそばにいられるだけで、奇跡《きせき》みたいなものだ。私はその奇跡だけで充分《じゅうぶん》に幸せなんだよ」

ルカが先ほどまで使っていたコーヒーカップに指で触《ふ》れ、フィリップは表情を緩《ゆる》める。けれどその表情は、見ている佐知を切なくさせた。確かにそこには幸せがあったが、同時に埋《う》められない寂《さみ》しさを感じる笑《え》みだったからだ。

「さて、私の昔話はこれぐらいにすることにしよう」

気を取り直した顔で、フィリップが立ち上がる。ルカが使った後の食器をひとまとめにして手に持ち、いたずらっぽく言った。

「彼を説得するのは簡単ではないよ？　何せこの町では難攻不落《なんこうふらく》と言われているんだ。一度彼にノーと言われて、それを覆《くつがえ》せたものはいない」

「それはいいですね。説得し甲斐《がい》がある」

「佐知、お前まだ諦めねえのか」

「当たり前だろ。このまま尻尾《しっぽ》を巻いて帰れるか」

あのジーノの叔父《おじ》だ。一度や二度、断られる覚悟《かくご》はすでにしていた。まだまだここからが本番だ。燃えてきた。

「ふふ、いいね。私も一度ぐらい、彼が考えを変えるところを見てみたい。この島にはホテルもないし、良ければここへ泊《と》まっていくかい？」

「いいんですか？」

「彼には、舟《ふね》に乗り遅《おく》れてしまったと言いなさい」

「ありがとうございます！」

佐知が立ち上がって頭を下げると、フィリップはそれにウインクで応《こた》えた。

「久しぶりのお客様だから、腕《うで》によりをかけてご馳走《ちそう》を作ろう」

フィリップはそう言って、集めた食器をシンクに置くために佐知達に背を向ける。

「彼ならたぶん、裏の池にいるよ」

「池？」

「そこにあるチェアに腰掛《こしか》けて景色を眺《なが》めるのが、彼のストレス解消法なんだ」

「なるほど。では、さっそくまたストレスをかけに行ってきます」

「池に放り込まれないように気をつけて」

柔《やわ》らかい声に「頑張《がんば》っておいで」と応援《おうえん》され、佐知は賢吾を誘《さそ》って池を目指す。途中《とちゅう》でブルローネと遊んでいた史にも「裏の池を見に行こう」と声をかけると、心得たように先頭を歩き始めたブルローネが池まで案内してくれた。

何て賢《かしこ》いんだ、ブルローネ。ついでにルカを説得してくれたら嬉しいのに。

家の裏手に設けられた池の周囲には、色とりどりの花々が植えられていた。偏屈《へんくつ》な男が住むには洒落《しゃれ》ている、とこの家を見た時には思ったが、フィリップの存在を知った今となっては、彼がルカの目を楽しませるために植えたのだろうとすぐに分かる。

絵画のような景色を楽しめる特等席に置かれたチェアに腰掛けているのは、もちろんルカだった。

佐知達を案内し終えたブルローネは、ひょいとルカの膝《ひざ》に飛び乗って、そこで丸くなる。ルカの手がブルローネの頭を撫《な》でると、嬉しそうに喉《のど》を鳴らして目を細めた。

「帰るのか？」

「それが、実は舟に乗り遅れてしまって」

こちらを見ないままの問いにそう答えると、大きくため息を吐《つ》く音が聞こえる。

「……どうせあいつの入れ知恵《ぢえ》だろう」

すっかりお見通しであるが、はいそうですと肯定《こうてい》する訳にもいかず、佐知はそれには答えずにルカの正面に回った。

「お前達が何を言っても、俺の気持ちは変わらないぞ」

じろりと睨《にら》まれる。ルカの気持ちを簡単に変えることができる魔法《まほう》の言葉があればいいけれど、残念ながらそんなものは思いつきそうになかった。助けを求めて賢吾を見るが、賢吾も軽く肩《かた》を竦《すく》めただけで。作戦もなしに再戦を挑《いど》むなんて、さすがに無謀《むぼう》過ぎたか。

「そうかなあ?」

そんな空気を変えたのは史だった。

「あのね、きもちってかわるんだよ? だってぼく、はじめてぱぱとあったときはぱぱのことすごくこわいとおもったけど、いまはぱぱのことすごくだいすきだもん!」

史はルカの前で膝をつき、両手を大きく広げて「これぐらいすきなんだよ?」とアピールする。それからルカの膝の上のブルローネを撫で始めると、代わりにルカの手が史の頭を撫でた。

やはり、史には優《やさ》しい。態度もそうだが、ルカの目が史を見る時、ほんの少し優しくなるのだ。子供が好きなのだろうか。

「俺の気持ちは変わらん」

「二十五年、変わらなかったからか?」

賢吾の言葉に、史の頭を撫でていた手が止まる。

「……それも、あいつから聞いたのか」

「怒《おこ》らないでください。あなたが当てこすりだなんて言うからじゃないですか」

「気になるのが当たり前だろ」

小さくルカが舌打ちをしたのが聞こえた。話したフィリップに対してなのか、それとも先ほど取り乱した自分に対してなのか。

どちらにせよ、追及《ついきゅう》したところで意味がない。佐知は聞こえなかったふりでうーんと伸《の》びをし、ルカの目の前に広がる景色に視線を向けた。

「一瞬《いっしゅん》、桜かと思いましたけど、アーモンドの木なんですね。贅沢《ぜいたく》な景色だ」

日本の春を思わせる桃色《ももいろ》の花弁が、さわさわと風に揺《ゆ》れる。日本が好きだというルカのために、フィリップがここに日本の景色を再現したのかもしれない。勝手にそう想像して、愛だな、と思った。

これほど愛されているのに、どうしてここまで頑《かたく》ななんだろう。

お節介《せっかい》の虫が、またむくむくと顔を出す。ここに伊勢崎がいたら『他人の色恋《いろこい》に首を突《つ》っ込んだら、馬に蹴《け》られて死にますよ』とでも言ったかもしれないが、幸か不幸か、佐知に説教をする者はいなかった。

ルカのことが気になる理由は分かっている。意地を張っていた頃の自分と似ているからだ。賢吾のことが好きなくせに素直《すなお》になれなくて、賢吾を傷つけ続けていたあの頃の自分と。

あの頃の佐知は、幼馴染《おさななじ》みとしてなら賢吾の特別でいられると思っていた。賢吾に、その他大勢にされてしまうのが嫌《いや》だったのだ。いつか過去にされてしまうなら、幼馴染みとして大事にされていたかった。そう考える時点で賢吾を好きだったのに、そのことを認めるのに馬鹿《ばか》みたいに時間がかかった。

もしも……もしもルカが今更《いまさら》素直になれないだけなのだとしたら、背中を押してあげたい。

あの時、色々な人が佐知の背中を押してくれた。そのお陰《かげ》で今の佐知と賢吾がいるから。

もちろん、ここに来た一番の目的はジーノの結婚式《けっこん》に出席してもらうことだ。けれどそれを遂《と》げるまでの間に少しばかりお節介をしたっていいだろう。

この国は日本とは宗教観が違《ちが》う。だが、ルカがフィリップを受け入れない理由がそれだけだとは、どうしても思えないのだ。だってもしそうだとしたら、フィリップはとっくに追い出されているはずだから。

「とにかく、せっかく来たのでもう少しゆっくりしていこうと思います。だからその間に、もう少しだけ考えてみてください。あなたの信仰《しんこう》とか考え方とかは置いといて、ただ甥《おい》を祝ってあげて欲しいだけなんです」

「今の今まで音信不通にしていたくせに、今更何が甥だ」

「でも、心配していたんですよね？」

「………」

「沈黙《ちんもく》は肯定。先人は良い言葉を作ったもんだな」

賢吾の手が、佐知の腰《こし》を抱《だ》く。敏《さと》い幼馴染み兼《けん》恋人は、今さっき佐知が決めたばかりのことに、きっともう気がついている。甘やかされているなあ、俺。

「ねえねえ、ぼくたちここにとまってもいいでしょ？　あのね、ぼく、ぶるろーねといっしょにねたい！」

泣く子と史には勝てない。それは決して賢吾と佐知だけではないらしい。ルカはふっと口元を緩め、それからまたむっと引き締《し》めてから言った。

「……勝手にしろ」

そうして、佐知達がルカの家に滞在《たいざい》することが決定したのだ。


「ねえ、このそーす、すっごくおいしいね！　ぱぱもたべてみて！」

「そうだぞ、賢吾も食べてみて。ほら、あーん」

「お前らふざけんなよ、何でどっちも人参《にんじん》なんだ」

フィリップが作ってくれた夕飯は絶品だった。どこかの一流料理店か見まがうほどに美しく盛りつけられた料理の数々に、三人の食は進み、会話も弾《はず》み、騒《さわ》がしい夕飯になる。

特に史が気に入ったのはバーニャカウダで、ただでさえ野菜が好きな史は、先ほどからソースを何度もおかわりしていた。賢吾は旬《しゅん》の魚介《ぎょかい》を使ったアクアパッツァがお気に召《め》したようで、一口食べては表情を綻《ほころ》ばせている。

「フィリップさん、よければ作り方を教えてもらってもいいですか？」

「もちろん。それなら明日《あした》の夜に一緒《いっしょ》に作ろうか」

「やった！　ありがとうございます」

そうして三人とフィリップが和《なご》やかに会話を楽しんでいる間も、ルカは不機嫌《ふきげん》な顔で黙々《もくもく》と食事を続けていた。

「ああ、君達に泊《と》まってもらう部屋なんだけど、私の部屋で構わないかな？」

「え、フィリップさんの部屋ですか？」

「ここに泊まるお客様なんていなかったから、ベッドが他《ほか》になくてね。特注の大きなベッドだから、三人でも寝《ね》られると思うんだ」

「いや、でも……そうなったらフィリップさんはどこで――」

「そんなことより、お前達がここにいる間のルールを決めておきたい」

突然《とつぜん》口を挟《はさ》んだのはルカだった。さっきまで意地でも声を出さないとばかりに黙《だま》り込んでいたので、まさか話し出すと思わずびくりとしてしまって、落としたフォークを賢吾がキャッチしてくれる。

「言っておくが、この家の中で男同士でいちゃつくようなことがあったら、問答無用で叩《たた》き出すからな」

誰《だれ》よりも早くそれに反応したのは史だ。

「ねえぱぱ、いちゃつくってなぁに？」

「いちゃつくっていうのは……そうだな、抱きついたり、べたべたしたり、キスしたり？」

「えー！　たいへん！　ぱぱとさちとぼく、すぐにいちゃついちゃうのに！　ねえさち、どうする⁉　ぱぱにだきついちゃだめなんだって！　これはゆゆしきもんだいだよ⁉」

テレビドラマで覚えた言葉を使い、史は佐知の腕《うで》を摑《つか》んで揺する。

佐野原組のお抱《かか》え弁護士である犬飼《いぬかい》に憧《あこが》れている史の最近のお気に入りは、リーガルドラマを見ることである。特に難しい言葉ほど恰好《かっこ》よく思えるらしく、異議ありだの善意の第三者だのという言葉を使いたがって困っていた。

先日はあの伊勢崎に向かって、『ぼくはぜんいのだいさんしゃだよ？』と言っていた。どうやら意味はよく分かっていないらしい。伊勢崎に『善意の第三者が聞いて呆《あき》れますね。あなたが共犯だという証拠《しょうこ》が挙がっているんですよ？』とやり込められていた。

ちなみに伊勢崎に怒られていたのは賢吾を匿《かくま》った件についてである。隠避《いんぴ》の罪に問われた史は、その日伊勢崎によっておやつの権利をはく奪《だつ》された。さすが伊勢崎、子供にも容赦《ようしゃ》のない男である。

「確かにこれは由々しき問題だな。佐知に触《さわ》れないなん……いってっ！」

テーブルの下で足を思い切り踏《ふ》みつけてやった。史と同じ部屋で眠《ねむ》るのだ。ルカに禁止されていなかったとしたってあり得ない。分かっているくせに、賢吾ときたらすぐにこれだ。

「史がパパと俺に抱きついたりするのは大丈夫《だいじょうぶ》だと思うぞ？」

「ほんと？」

史の視線がルカに向く。

「家族の触れ合いを止めるつもりはない」

「だったら、俺と佐知だっ――」

だん！

佐知がもう一度テーブルの下で足を踏みつける。そんな風にからかって怒らせて、本当に追い出されたらどうするつもりなのか。

「ほら、ご飯を食べ終わったならお風呂《ふろ》に入っておいで」

フィリップがくすくすと笑って三人を促《うなが》す。そうだ、さっさと風呂に入ろう。パジャマに着《き》替《が》えてしまえば、ルカだって追い出しにくくなるはずだ。

そうして三人は仲良くバスルームに向かう。そこでバスタブがないということにカルチャーショックを受けながらシャワーを浴び、パジャマに着替え、寝る前に挨拶《あいさつ》を、とリビングに戻《もど》って仰天《ぎょうてん》した。

「男同士でいちゃついてたら叩き出すって言ったくせに！」

思わず、佐知が指を差して怒鳴《どな》ったのは仕方がない。だって目の前でパジャマ姿のフィリップがルカにキスをしていたのだ。

「これはただの挨拶だろうが！」

確かにそうだ。イタリアは日本とは習慣が違う。挨拶で頬《ほお》にキスをすることだってよくあるだろう。だけど、今のはちょっとどうだろう。

角度的にそう見えただけで、口にしていなかったのは分かる。それは分かるが、結構ぎりぎりのところだったんじゃないのか。たとえば口の横とか。いくら挨拶でキスする国だと言っても、家族以外の相手にさすがにそこまで許すだろうか。

「ほほう。だったら俺達も、キスまではいいってことだよな？」

賢吾がにやりと笑って佐知の腰を抱く。風呂から上がったばかりで、賢吾の髪《かみ》からは佐知と同じシャンプーの匂《にお》いがした。ここ数日、旅行の準備でご無沙汰《ぶさた》だったこともあり、抵抗《ていこう》するのも忘れて賢吾を見上げてしまう佐知である。

「いい訳があるか！」

「だったら、今のはいちゃついてたと認めるのか？」

「違《ちが》う！」

「よし佐知、後でキスしような」

「やめろ‼」

そもそもとして言いたいのは、二人のパジャマだ。高級そうなシルクのパジャマは、フィリップが白でルカが紺《こん》と、色の違いはあるものの、どう見たってお揃《そろ》いである。

いやいや、どこからどう見てもカップルだろ。そう口に出さなかったのはフィリップのためだ。もし過去の素直《すなお》じゃなかった自分が同じことを言われたら、きっと怒《おこ》ってその場でパジャマを脱《ぬ》ぐだろう。ルカもそうするに違いないという確信があった。

「こちらではこれがただの挨拶だと分かっているんだろう？　あまり彼を苛《いじ》めないでやって」

フィリップが苦笑《くしよう》すると、ルカはふんとそっぽを向く。その足元にぽてぽてと歩いていった史が、ルカを見上げて言った。

「ねえ、あいさつでちゅうするの？　だったらぼくもおじさんにおやすみのちゅうしたい」

こんなにいつでも不機嫌なルカなのに、史は何故《なぜ》かルカに懐《なつ》いている。純真な目を向けられてルカはうっとなったが、フィリップが和やかな声で割って入った。

「だったら、頬にしてあげるといいよ」

「うん！」

フィリップが史を抱《だ》き上げると、ルカが渋々《しぶしぶ》ながら頬を出す。史はその頬にちゅっとキスをして、それからはしゃいだ声を上げた。

「ぱぱとさちとあおといがいにちゅうしちゃった！」

碧斗《あおと》は伊勢崎の恋人《こいびと》である小刀祢舞桜《ことねまお》の弟で、保育園で出来た史の親友である。二人はいつでも一緒でとても仲良しだ。

「おい待て。今、聞き捨てならんことを聞いたぞ。碧斗にちゅうしたって何だ？　碧斗とキスしたのか？　いつだ、聞いてないぞ？」

「あのね、てれびですきなひとにはちゅうするっていってたからね、あおとにちゅうしたんだよ」

「うん！　だってぼく、あおとのことだいすきだもん！」

「これは碧斗は無罪だな。聞いてたろ、賢吾。絶対に碧斗を泣かすなよ」

「……ちっ」

危なかった。碧斗から史にキスしてようものなら、日本に帰った途端《とたん》に賢吾は碧斗に詰《つ》め寄ったただろう。

「史、キスは誰彼《だれかれ》構わずしちゃ駄目《だめ》だって前にも言っただろ？　本当に好きな人だけ」

「だってぼく、ほんとうにあおとがすきだよ？」

「あのなあ史、好きにも色々とあんだよ、お前の好きはまだ――」

「だって、ぱぱとさちだってちゅうするでしょ？」

「そりゃあ、俺と佐知は愛し合ってるからな」

「ぼくとあおともぱぱとさちぐらいなかがいいよ？」

「は、馬鹿《ばか》言え。俺と佐知ほど仲がいいなんてある訳ねえだろ。俺と佐知の仲の良さと言ったら――」

「子供と張り合うな」

フィリップの腕の中の史にずいっと顔を寄せる賢吾の首根っこを引っ摑んでやめさせる。

「史、ちゅうをするのは、史がもう少し大人になって、相手も大人になって、それでもずっとお互《たが》いが一番って分かってからにしような」

「えー、おとなになってからあ？」

「特に口のちゅうは絶対に駄目だからな。断固として許さん」

賢吾のやつ、目が本気だ。史に将来恋人が出来たら、さぞかし苦労するな。佐知は少し先の未来を想像して笑う。

「でも、おじさんたちはしてたよ？」

ようやく外れたと思った矛先《ほこさき》が再び自分に向いて、ルカが顔を真っ赤にして怒鳴った。

「だから、してない!!」

いや、してただろ。

言わなかったが、きっと賢吾も心の中で思っていたはずだ。


「本当に大きなベッドだな」

「きっとあれだぞ。いつかルカがこのベッドで一緒《いっしょ》に寝《ね》ることを期待して買ったんだな」

「そういう下世話な想像をするのはやめろよ」

佐知と賢吾の間ではしゃいでいた史がすっかり眠りについた頃《ころ》、起き上がった二人はベッドの上で行儀悪《ぎょうぎわる》く瓶《びん》ビールを飲みながら言葉を交《か》わしていた。

瓶ビールは、寝る前に差し入れだとフィリップがくれたものだ。常温のビールは苦みが少なく、佐知にはとても飲みやすく感じる。一本しかないのが残念だ。

「本当に、一度もここに連れ込んだことがねえと思うか？」

「まあ、そうなんだろうなあ」

普段《ふだん》フィリップが使っているというベッドは、賢吾と佐知と史が三人並んでも余裕《よゆう》で眠れる大きさのものだった。一人で使うには大きすぎるそれは間違《まちが》いなく特注で、フィリップの金銭的余裕を窺《うかが》わせる。

「そういえば聞かなかったけど、フィリップさんって何してる人なんだろうな」

ルカが翻訳《ほんやく》を仕事にしていることはフィリップから聞いたが、フィリップ本人のことは何も聞いていない。

「聞いて驚《おどろ》け。何とフランスの貴族階級の家柄《いえがら》だってよ」

貴族階級と聞いて、なるほどと思った。自己紹介《しょうかい》をする時にフィリップはフルネームを名乗らなかったが、貴族だと言われれば理由が分かる。フランスで著名な一族なら、名を聞けば身元が分かってしまうのだろう。

「ところで、何でそんなことを知ってるんだよ」

「ちょっと伊勢崎に調べさせた」

「いつの間に。ていうかお前、伊勢崎はお前がいなくなって清々してただろうに、こき使ってやるなよ」

賢吾のせいで毎日寝る暇《ひま》もないぐらいに忙《いそが》しい日々を過ごしていた伊勢崎は、きっと今頃束《いまごろつか》の間の平穏《へいおん》を楽しんでいるだろうに。佐知達が家を出る時、清々《すがすが》しいほどの笑顔《えがお》で見送っていた伊勢崎の顔を思い出すと、少し可哀想《かわいそう》になる。

「この程度、こき使ったうちに入るかよ」

ぐびりと瓶ビールを飲んで、賢吾は「それより」と佐知を睨《にら》んだ。

「お前、あの二人を何とかしようとしてるんだろ」

「あ、やっぱり分かる？　だってルヵさんは、どう見たってフィリップさんのことを嫌《きら》っているようには見えないだろ？　それなのにどうしてあんなに頑《かたく》ななんだろうなあ」

「ルカにとってはただの友情って可能性は？」

「お前だったら伊勢崎とお揃いのパジャマを着るか？」

「気持ち悪《わり》ぃこと言うな」

「だろ？」

賢吾と伊勢崎が揃いのパジャマに身を包んでいるところを想像したら、「おい」と鼻を摘《つ》まれた。

「妙《みょう》な想像はやめろ」

「はは。もちろんそれだけが理由じゃないけど、ただの友情にしては近すぎる気がしないか？

ルカさんの性格上、自分に惚《ほ》れていると分かっている人間にそこまで許すのが、そもそも愛じゃないかなって思うんだけど。でもあの人には、それを認められない何かがあるんじゃないのかなって」

「この国はカトリックが多いから、同性の恋愛《れんあい》に対して寛容《かんよう》でない部分はあると思うが、確かにあの男の反応には、もっと別の何かがありそうな気はするな」

「やっぱり賢吾もそう思う？」

「協力するとは言ってねえからな」

「そんなこと言わずに。賢吾くんは優《やさ》しいから、俺に協力してくれるって信じてる」

わざとらしくちゅっと唇《くちびる》を鳴らしてアピールすると、賢吾の口端《こうたん》が上がる。

「キスはいちゃついてることにならないんだよな？」

「馬鹿」

「何だよ、俺とキスはしたくねえか？」

それにも佐知は同じ言葉を返す。

「馬鹿」

そんな訳ないだろうが。

言わなくても佐知の言いたいことなどすぐに察する賢吾は、口元に笑みを浮《う》かべたままちゅっとくちづけてくる。

事実で。

愛して愛されるという幸せは、賢吾が佐知にくれたものだ。もちろん、佐知が賢吾に与《あた》えたものでもあるけれど。こうして視線が絡《から》み合うだけで心がほわりと温かくなることを、賢吾が教えてくれた。


「ああ、物足りねえなあ」

軽く触《ふ》れるだけのくちづけは、確かに物足りない。けれどその温《ぬく》もりにほっと安堵《あんど》するのも

「帰ったら、すごいのしような？」

「……今すぐ帰りてえ」

「馬鹿、何しにイタリアに来たと思ってるんだよ」

「少なくとも、知らねえおっさんの拗《こじ》らせた恋路《こいじ》を見守るためじゃねえと思うが」

「だって、何かほっとけなくて」

「自分みたいだって？」

驚いて、賢吾の顔を凝視《ぎょうし》する。

「今から言うことは、別にお前を責めようだとか自分を哀《あわ》れんでるだとかいうことじゃねえんだけど」

そう前置きしてから賢吾は言った。

「俺もフィリップの話を聞いてて、ほんのちょっとだけ思ったからな。もし、お前があの時俺

を受け入れてくれてなかったら、俺はこいつと同じような道を辿《たど》ってたのかもなって」

賢吾の手に触れると、指が佐知の指に絡んでくる。それをぎゅっと握《にぎ》りこんだ。

「お前のそばにいるためなら、俺だって何でも我慢《がまん》しただろうって思うと……むしろ一緒に住み始めちまったら、関係を壊《こわ》すことが怖《こわ》くて、無茶《むちゃ》ができなくなったかもな」

「フィリップさんからは、関係を変えられない？」

「ああ、そうだろうな」

「俺はルカさんを見て、お前に対して素直《すなお》になれなかった頃の俺みたいだって思った。だから何か、見てたらこう……胸を掻《か》き毟《むし》りたくなるっていうか」

あの頃、佐知と賢吾を見守っていた伊勢崎や舞桜や吾郎達にも自分がこんな風に見えていたのかと思うと、羞恥《しゅうち》とか有難さとかで何だか叫《さけ》び出したい気持ちになるのだ。

「お前はもっと可愛《かわい》かった」

「惚れた欲目もいい加減にしろよ」

「おいおい、愛されてる自信に満ち溢《あふ》れた発言だな」

「当たり前だろ、誰《だれ》に愛されてると思ってるんだよ」

「俺だな」

「そう、お前だよ」

二人で顔を見合わせて、ははっと笑う。

「んん……ぱぱ……さち……ぼく、もうたべられない……」

二人の間で眠《ねむ》っている史が、むにゃむにゃと寝言《ねごと》を言った。

「ははっ、何食ってんだろうな」

「バーニャカウダかも」

二人して、眠る史の頬《ほお》をぷにぷにと突《つっ》く。

もちろん、史に愛されている自信にだって満ち溢れている佐知である。


翌日の朝。

「起きろ」

「うわっ！」

突然《とつぜん》耳元で大きな声を出されて飛び起きると、すぐそこにルカが立っていた。

「いつまで寝ているつもりだ。朝食の準備ができているからついてこい」

「は、はいっ」

慌《あわ》ててベッドを降りようとする佐知のパジャマを、摑《つか》んでいる手が二つ。

「うーん……さち、どこいくのぉ」

「ん……」

「おい二人とも、早く起きろって！」

まだほとんど夢の中の二人の手を、佐知は大きく揺《ゆ》さぶった。史はのそりと起き上がってごしごしと目を擦《こす》ったが、賢吾はパジャマを摑んでいる手で佐知を引き寄せようとしてくる。

「おはようのちゅうしてくれたら、起きる……」

「おい貴様ら……」

「ち、違《ちが》います！　おいお前馬鹿《ばか》っ、寝惚《ねぼ》けてないでさっさと起きろ！」

「いてっ！　何だよ、朝から激し……」

佐知のパジャマからようやく手を離《はな》して起き上がった賢吾は、不機嫌《ふきげん》そうに自分を見ているルカに気づくと渋々《しぶしぶ》ベッドから降りた。

「爽《さわ》やかな朝が台無しだ」

「朝食が要《い》らないなら好きにしろ。ただしこの町には他《ほか》に食事をする場所なんてどこにもないがな。史がひもじい思いをしないといいな」

「えー、ぼくやだよ、ふぃりっぷさんのごはんたべたい！」

「そうだよなあ、史。ほら早く準備して朝ご飯食べような！」

賢吾の背中をどんと突き飛ばし、佐知は史の着替《きが》えを用意する。賢吾も渋々着替え始めたのを確認《かくにん》して、自分もニットとデニムに着替え、手早く髪《かみ》を整えた。

「準備できたか？　できたな。行くぞ」

返事を待つこともなく、ルカが部屋から出ていく。賢吾が佐知と同じブランドのニットに着替え終わったのを横目に、すでに着替えを終えていた史と一緒《いっしょ》にルカの後ろを追いかけた。

「あれ？　どこに行くんですか？　ダイニングキッチンはこっちじゃ……」

「朝は外で食べる」

「え!?　おそとでたべるの!?　やったぁ！」

朝食は、中庭に置かれたテーブルの上に用意されていた。昨日と同じく、長卓《ちょうたく》の奥の席に腰《こし》掛《か》けたルカの左手の席に腰を下ろす。

「簡単なもので申し訳ないけれど」

最後の仕上げとばかりにカプチーノをテーブルにセットして回りながらのフィリップの台詞《せりふ》は、謙遜《けんそん》としか思えない。

サンドイッチにサラダ、山盛りのクロワッサンとクッキー、ジャムやクリームが所狭《ところせま》しとテーブルに並べられている。

「君達がどれぐらい食べるか分からなかったから、適当に用意させてもらったよ。足りなかったらいつでも声をかけて」

「いや、充分《じゅうぶん》ですよ！」

イタリアの朝食は、甘いものが多いらしい。史は「やったー！　くっきーだ！」と嬉《うれ》しそうに佐知の隣《となり》の席につき、さっそくクッキーを一枚取って口に放《ほう》り込んだ。

「んんー、やっぱりおいしい！」

両手で頬を押さえた史が、フィリップに向かって「ぼぉーの！」と笑う。昨夜《ゆうべ》、シャワーを浴びている間に賢吾に教わったイタリア語だ。

「ふふ、史君はイタリア語が上手だね。Grazie mille」

「うわあ、ねえいまなんていったの!?」

「本当にありがとう、と言ったんだよ」

そう言って史に笑いかけつつも、フィリップの手は空になったルカのカップに牛乳を注ぐ。ルカは当たり前の顔でそれを口にし、これまたフィリップに渡《わた》されたジャムをクロワッサンにつけて齧《かじ》った。

何とはなしにそれを眺《なが》めていると、遅《おく》れて賢吾が到着《とうちゃく》する。ニットにデニムというラフな姿は自分と同じはずだが、朝の爽やかな景色の中で見る賢吾は特別恰好《かっこ》いい。

「いい男だろ？」

見惚《みほ》れる佐知へのからかいに思わず頷《うなず》きそうになって、慌ててぷいっと顔を背《そむ》ける。くくっと賢吾の笑う声がしたから、見なくてもご機嫌な顔をしているのが分かった。

賢吾が恰好いいのは分かっているが、旅先の景色で見る賢吾は格別だ。何だかんだで、佐知のスマートフォンには賢吾の写真がいっぱい入っている。もちろん、一番多いのは史だけれど。

自分の隣に腰掛けた賢吾に、史が食べかけのサンドイッチを差し出した。

「ねえぱぱ、このさんどいっちおいしいよ！　ぱぱもたべてみて！」

「おう。……お、ほんとだ、美味《うま》いな」

史に差し出されたサンドイッチにかぶりつきつつ、賢吾は空になっている史のコップにオレンジジュースを注ぐ。クロワッサンを食べ始めた史が零《こぼ》さないように、コップを少し奥に避《よ》けることも忘れない。

家族の当たり前の日常。つい先ほど、フィリップとルカがしていたことも同じだ。ルカとフィリップだって、もうほとんど家族も同然じゃないか。ここまで相手を許しながら、どうしてあと一歩が踏《ふ》み出せないんだろう。

「あおともいっしょにきたらよかったのになあ！」

「史は本当に碧斗が好きだなあ」

「うん！　だって、あおとといるとたのしいから！」

「そっか、楽しいのか。それはいいな」

「うん！」

自分達の子供の頃《ころ》を思い出す。

幼い頃、賢吾と一緒にいるのが当たり前だった。毎日朝起きて、ご飯を食べたら賢吾と一緒に遊んで、喧嘩《けんか》して、怒《おこ》られて、笑って。今思い返せば、毎日賢吾といるのが楽しくて仕方なかった。

ている。そうしている間に隣にいるのが当たり前になって、そのせいで頑《かたく》なになってしまった何かもあるのだろうか。

「ねえぱぱ、これすっごくおいしい！　ぱぱもたべて！」

クッキーを手に持った史が、賢吾の口にそれを押し込む。もぐもぐとそれを食べた賢吾はうんうんと頷き、別のクッキーを手に取って佐知の口に押し込んでくる。

「俺はまだいらな……むぐっ……押し込むなよっ……ん、うわ、美味いな！」

「な、美味いよな」

「おいしいよね！」

賢吾と史がにかっと笑った。美味《おい》しいものを食べたら、すぐに分かち合いたがるのが賢吾と史である。二人は日に日に似てきて、今やこうして笑う時の表情まで同じだ。

「あ、ほら佐知、このサラダも食ってみろ。美味いぞ」

「え？　そう……って、お前！　人参《にんじん》だけ食べさせようとするなよ！」

「はは、バレたか」

「ぱぱ、ずるしちゃだめ！」

「そうだぞ！　人参にはちゃんと栄養が……」

どさくさに紛《まぎ》れて自分の嫌《きら》いなものを食べさせようなんて、何てやつだ！　佐知と史が賢吾に説教を始めている姿を眺めてフィリップが楽しそうに笑う。

「こんなに賑《にぎ》やかな食卓は初めてだね」

ルカはふんと鼻を鳴らしたが、そんな三人の様子をじっと見ていた。


朝食を終えた後、三人は島の散策に出掛《でか》けることにした。せっかく来たんだから、少しぐらい観光をしてくるといい。そう言ったフィリップが教えてくれた、町のいくつかのスポットを巡《めぐ》る。

小さな町は観光客が来るような場所ではないが、その分手つかずの自然が残っていて、美しい景色をたくさん見ることが出来た。

特に町の住民しか知らないという小さな洞窟《どうくつ》の中では、まるで青の洞窟と見まがうような神秘的な光景を見ることができて、佐知と史は賢吾に写真をたくさん撮《と》ってもらって大満足である。

もちろん、俺のはいらないとごねるのを説《と》き伏《ふ》せて、賢吾の写真もたくさん撮った。どういう顔をしたらいいのか分からないのか、少し照れたような顔が面白《おもしろ》かったので、即座《そくざ》に待ち受けにした佐知である。うちの賢吾はこう見えて可愛《かわい》い。

「はあ、世界はすごいなあ」

「せかいはすごいねえ」

三人並んで牧草地に寝転《ねころ》がり、空を見上げる。

散々歩き回って疲《つか》れた三人が、羊や牛を放牧していた地元の人にどこかに休憩《きゅうけい》する場所がないかと尋《たず》ねたら、あの辺で寝転がれと言ってシートを貸してくれたのだが、これが本当に気持ち良かった。

島中を歩き回って確信したが、やはりこの島には住人が少ない。だからだろうか。島は穏《おだ》やかでとても静かだ。

町を歩いて驚《おどろ》いたのは、この町の住民のほとんどがルカを慕《した》って集まってきた人達だということだった。

ルカがここに来た当初、この町にいたのはお年寄りが二人ほどだったらしい。この町の人達は、それぞれ買い出しや何かで別の町に出たルカと出会い、その時にルカとフィリップに助けられ、彼らを慕ってこの町に引っ越《こ》してきたと聞いた。

特にルカには恩義を感じているらしく、彼らの家に滞在《たいざい》している佐知達に住民達はとても優《やさ》しかった。史がルカの身内だと知った彼らに渡されたおやつで、史のポケットはぱんぱんである。

ルカという人のイメージが一定しない。頑固《がんこ》で融通《ゆうずう》が利《き》かない。確かにその一面もあるはずだが、彼はこんなにも町の人達に好かれている。

何人かに話を聞いたら、ここの住民達には、家族がいなかったり、経済的に困窮《こんきゅう》していたり、精神的に疲弊《ひへい》していたりで、孤独《こどく》を感じていた者が多かったと推察できた。ルカは彼らを宥《なだ》めたり励《はげ》ましたりは一切《いっさい》しなかったが、ただ一言『変わりたいか?』と聞いたという。それに頷くと、その時持っていた財布《さいふ》の中身を全《すべ》てぽんと渡してそのまま立ち去ろうとした、と聞いた。

ルカは、心に何を抱《かか》えているんだろう。

そんなことを考えながら目を瞑《つむ》る。聞こえてくるのは、風の音と、遠くで鳴く羊の声。さわさわと靡《なび》く草の音。

「静かだな……」

「うん」

静けさにも色々ある。しんと耳につくほどの『静寂《せいじゃく》』、静けさの中に落ち着きを感じる『静謐《せいひつ》』。だが今三人を包むのは、静かだけれど穏やかで安らぎを感じる『長閑《のどか》』だ。

賢吾の手が、佐知の手と繋《つな》がれる。その手を握《にぎ》り返し、こんな風にのんびりとした気持ちになるのはいつぶりだろうかと考えた。

東雲家はいつも騒《さわ》がしい。平穏《へいおん》な日なんて数えるほどしかなくて、いつの間にか騒動《そうどう》に巻き込まれている。

あり得ないほど賑やかで、息を吐《つ》く暇《ひま》もないほど忙《いそが》しい。

「空が近《ちけ》えな」

周囲に何もない分、すぐそばに空があるような錯覚《さっかく》を起こす。景色は綺麗《きれい》で食べ物も美味しい。けれど不思議なもので、久しぶりにのんびりとした時間を過ごすと、何だかあの生活が恋《こい》しくなってくる。

それなのに。

「こういうところに住むのも悪くねえな。他人に煩《わずら》わされずに済む」

「はあ?」

「何だよ」

「ぱぱ、そんなのだめだよ」

「何でだよ、史だって飯が美味《うま》いって喜んでただろ?」

「ぱぱはそういうところがだめだよね」

「駄目《だめ》だよなあ」

まったく信じられない。ここには伊勢崎も舞桜も碧斗もいないし、京香や吾郎もいない。双《ふた》子《ご》だって組員達だって皆いないのに、こんなところに住むなんて考えられない。

「俺は思ったことを言っただけだぞ?」

「だから駄目なんだよなあ」

「だめなんだよねえ」

「何だよ!」

　ここに伊勢崎がいたらきっと呆《あき》れ顔をしただろうし、舞桜がいたらくすくす笑っていただろう。京香だったら『まったく馬鹿《ばか》な息子《むすこ》だよ』とでも叱《しか》ってくれたかもしれないし、吾郎は『馬鹿な息子ですまないな、佐知』とでも謝ってくれたかもしれない。そんな風に考えだしたら、余計に東雲家の空気が恋しくなる。

「俺、賢吾と史さえいればどこでも生きていけるって思ったけど、やっぱり駄目だわ」

「ぼくもだめだわ」

「何でだよ、俺達は三人で家族だろ？　三人一緒《いっしょ》だったら、どこでもやってけるだろうが」

「駄目駄目。もう贅沢《ぜいたく》になっちゃってるから、お前だけじゃ満足できない」

「おい何だその言い方は。俺だけじゃ満足できねえってどういうことだよ」

　がさりと音を立てて賢吾が起き上がった。だが事実である。

「すまない賢吾、俺はもう、お前だけでは満足できない身体《からだ》になってしまった……」

「ぼくも！」

「史まで何だ。お前ら、俺以外に大事なもんを作るなんて許さねえからな」

　残念なことに、大事な者なら賢吾以外にも山ほどいるのだ。何だったら、きっとこれからもどんどん増えていくかもしれない。もちろん、頂点にいるのが賢吾と史だというのは、生涯《しょうがい》変わらないけれど。

「もう手遅《ておく》れだよ。なあ、史？」

「ねー！」

「この野郎《やろう》……浮気《うわき》は許さねえからな！」

「うぎゃっ」

「きゃあああ！」

賢吾が佐知と史に向かってダイブしてきて、二人纏《まと》めてがばっと抱《だ》きしめられる。

「お前らは俺のもんだ！　思い知らせてやる！」

「あ、馬鹿っ、やめ……あはははっ、はははっ！」

「あはははっ、ぱぱやめてよっ、あはは、ははは！」

賢吾に脇腹《わきばら》を擽《くすぐ》られ、佐知と史は笑い声を上げた。二人がばたばたと暴れても、賢吾はお構いなしに二人を擽り続ける。

「俺が一番だって言え！」

「ははははっ、ぱぱがいちばん！」

「は、ははははっ、賢吾が一番だって！」

二人が大声で叫《さけ》ぶと、ようやく賢吾からの攻撃《こうげき》が止まった。

「だったら許す」

とても許すとは思えないぐらいに不貞腐《ふてくさ》れた顔でそう言った賢吾に、佐知と史は顔を見合わせてから噴《ふ》き出して起き上がる。

「拗《す》ねるなよ賢吾、冗談《じょうだん》だって」

「そうだよぱぱ、すねないで？　あのね、しののめぐみのみんなにあいたいなあっておもっただけなんだよ？」

「本当か？」

「本当に決まってるだろ！」

佐知と史は同時に賢吾に飛びついた。

「こんなに可愛《かわい》いお前を差し置いて、俺達が浮気なんかする訳ないだろ？」

「そうそう！　ぼくはうわきなんかしないからね！」

両側から二人に抱きしめられ、賢吾は「そうか」とほわりと笑う。そういう賢吾があまりに可愛くて、佐知と史は両側からその頬《ほお》にちゅっとキスをしてやる。

途端に機嫌《きげん》を直す賢吾は、最高にチョロくて可愛いな、と佐知は思った。


「代わろうか？」

「いや、大丈夫《だいじょうぶ》だ」

牧草地でごろごろしている間にすっかり眠《ねむ》ってしまった史を抱っこした賢吾と共に、のんびりと歩いてルカの家へと戻《もど》ってくると、ちょうど釣《つ》り竿《ざお》を持って外に出てきたルカと出くわした。

「釣りですか？」

「ああ。何だ、史は寝《ね》たのか」

「ええ。起きてたら、きっと一緒に行きたがったと思うんですけど」

「海釣りは子供には向かない」

眠る史の頰を優《やさ》しく指で撫《な》でてから、ルカははっとした顔をしてさっさと歩き出した。

「あ、待ってください！　賢吾、俺もちょっと行ってくる」

「おい！」

「史のこと、ちゃんと寝かせといて！」

賢吾に止められる前に、佐知は走ってルカの背中を追いかける。ルカは振《ふ》り返ることなく歩いていたが、佐知が隣《となり》に並ぶと、肩《かた》に担《かつ》いだ釣り竿を担ぎ直す素振《そぶ》りでちらりとこちらを見た。

「良かったのか？」

「いいんですよ、別に。あいつは相手が誰《だれ》だって嫉妬《しっと》するんだから」

「おい。まさかあいつ、俺がお前に手を出すなんて思ってる訳じゃないだろうな」

「あるはずないと思いつつも、怒《おこ》るのが賢吾なんですよ」

ルカはあからさまに顔を顰《しか》めた。自分と佐知が……なんて、考えてもみなかったのだろう。もちろん佐知だって考えられないし、賢吾だって本気でそう思っている訳ではない。けれど佐知が誰かと二人きりになることがいまだに気に食わない。それが賢吾だ。伊勢崎や舞桜にだっていまだに嫉妬するし、場合によっては史が相手だって本気で拗ねる。

「そんな風に束縛《そくばく》されて、嫌《いや》じゃないのか」

その言葉に、佐知は少し考えてから答える。

「そりゃあもちろん、嫌な時もありますよ？　でもまあ、それもひっくるめて賢吾だから」

あまりに見当外れなヤキモチを焼かれたりするとぶん殴《なぐ》りたくなることもあるが、嫉妬深いのが賢吾である。腹を立てることがあっても、今更《いまさら》それが嫌だから別れてやろうだなんて思うことはない。

それにむしろ、そういう賢吾の嫉妬が心地《ここち》好《よ》くもある。それだけ賢吾が佐知を好きだということだから。伊勢崎に言わせると、佐知と賢吾は割れ鍋《なべ》に綴《と》じ蓋《ぶた》カップルらしい。最近はそれを否定できなくなってきている佐知だ。

「………」

「あなたは束縛されるのが嫌だから、フィリップさんを受け入れないんですか？」

「……っ」

自分からこの件に切り込むのは勇気が要《い》ったが、いい会話のきっかけだとも思った。ルカのほうから、恋愛《れんあい》に関する話を振ってくる機会なんて、そうはない。

「本当に嫌だったら、あなたの性格上、相手がどんなに懇願《こんがん》したってそばにいることを許さないだろうってことぐらいは、この短い間でも分かりますよ？」

何がこの人をここまで頑《かたく》なにしているのだろう。

恋人《こいびと》なんて存在はいつか終わりが来る、だからそんなものにはなりたくない。あの頃《ころ》、頑なにそう思っていた佐知のように、きっとこの人を頑なにする何かがあると思うのだ。

「俺達だって、順風満帆《じゅんぷうまんぱん》だった訳じゃない。それこそ俺、今のあなたみたいに賢吾のことを徹《てっ》底《てい》的に拒否《きょひ》してた時期がありますし」

「どうしてやめたんだ」

「何だかんだ考えたところで、結局あいつなしでは生きられないってことに気づいたから、ですかね」

失うかもしれないと思った時にようやく、その大切さに気付いた。いつだってそばにいるのが当たり前だと思っていたけれど、賢吾がそばにいることは決して当たり前ではなかった。

賢吾の努力があってこそ、佐知のそばにはいつも賢吾がいた。当たり前の日常にしてくれていたのは賢吾だった。そして佐知は、賢吾のいない日常など送りたくない自分に気づいたのだ。

「あいつが俺のそばにいることは全然当たり前じゃなかった。それをこれからも当たり前にするためには、俺も頑張《がんば》らなきゃいけないって分かったんです」

今だって、思いを伝えるのが恥《は》ずかしいと思うことがある。愛情を行動に移すことだって苦手だ。でも佐知の恥ずかしさなんて、これまでの賢吾の努力を思えば何でもない。

賢吾が今まで佐知に与《あた》えてくれた愛情に、少しでも追いつきたい。だって、佐知だって賢吾のことを愛しているのだから。

「……悋気《りんき》を聞かされるとは思わなかった」

「悋気だと思われるとは思いませんでしたね」

ルカが足を止めたのは、家から近い岩場だった。慣れた様子でひょいひょいと岩場を歩いていくルカの後ろを、よたよたしながらついていく。ルカは釣り竿を準備してしゅっとウキを遠くへ飛ばし、その場に腰《こし》を下ろした。

「変わることが怖《こわ》くはなかったのか？」

「そりゃあ、怖いですよ。今までずっと幼馴染《おさななじ》みで、あいつのことなんか全部分かってると思ってたけど、いざそうなったらあいつのことなんか全然分からなくなって。自分の気持ちも分からなくてぐちゃぐちゃになって、あいつに八つ当たりしたり、喧嘩《けんか》したり。まあ、今だって色々あります」

「…………」

ルカが黙《だま》り込んだ。だが、佐知は敢《あ》えて何も言わなかった。この沈黙《ちんもく》は思案しているだけだ。邪魔《じゃま》をすることなく、ただ視線を水面《みなも》に向けたまま、ルカが口を開くのをじっと待つ。

釣りと同じだ。人の気持ちを引き出すのに、焦《あせ》るのは良くない。思いを言葉にするのに、時間がかかることだってある。

佐知が迷ったり悩《なや》んだりした時、いつも賢吾がそうしてくれたように、ただひたすらに待った。そばにいなくても、佐知の中には常に賢吾が与えてくれたものがある。賢吾と同じ行動を取る自分をまるで雛鳥《ひなどり》のようだと思いながら、佐知は水平線を見つめ続けた。

ルカが再び口を開いたのは、立ち続けるのに疲《つか》れた佐知が、そろそろ座ろうかと思った頃だ。

「……俺は、人を上手《うま》く愛せないと思う」

「え？」

突然《とつぜん》ぽつりと吐《は》き出された小さな言葉を、危《あや》うく聞き逃《のが》すところだった。

ここが静かな場所でよかった。そうでなければきっと聞こえなかったほど、それは力なく囁《ささや》くような声で。

「それが、理由ですか？」

最初から上手に誰かを愛せる人なんかいない。佐知自身、今だって賢吾を上手に愛せている自信なんかこれっぽっちもなかった。

「そんなの、誰だって――」

「生まれ育った場所はマフィアの本拠地《ほんきょち》。身内はほとんどマフィアで、身内同士での殺し合いも日常茶飯事《さはんじ》。家族だって安心はできない。いつ殺されるか分からないと互《たが》いの腹を探《さぐ》り合いながら生きてきた俺が、今更《いまさら》誰を愛することができるって？」

何か言わねばと思ったが、すぐに返せる言葉は見つからなかった。

ルカの生きてきた人生は、おそらく佐知の想像など遥《はる》かに及《およ》ばない。ジーノやアリアの心に傷があったように、きっとこの人の中にも大きな心の傷があるのだろう。大丈夫だなんて簡単に言えるはずもない。

「俺が知っている愛は、歪《いびつ》なものばかりだ。金と引き換《か》えの愛、相手の気持ちなど顧《かえり》みない無理やりの愛、暴力でねじ伏《ふ》せて手に入れる愛。俺はそんなものしか知らないんだ」

「ルカさん……」

ぴくり、とウキが動いて、ルカはさっと釣り竿《ざお》を引いてリールを巻いた。だが魚はついておらず、ルカはふうと息を吐いて餌《えさ》をつけ、また釣り竿を操《あやつ》ってウキを遠くへと投げる。

ぽちゃりとウキが海に落ちる音と波の音。ほんの少しの沈黙の後、ルカがまた口を開いた。

「……俺が唯一《ゆいいつ》知っている純粋《じゅんすい》な愛は、ジーノ達の母親の愛だ」

「ジーノ達の母親？」

「あいつらが小さかった頃、俺はまだ完全にはファミリーと縁《えん》を切っていなくて、あの馬鹿《ばか》兄貴が囲っているとかいう女を見に行った。ジーノはまだ今の史より小さくて、アリアも生まれたばかりだったな」

ウキを見ているルカの目が、悲しげに撓《たわ》んだ。

「最悪の気分だった。ガリガリの子供と、死んだ目をした女。これが愛なら、俺はそんなものはいらないと思った。こう見えて、俺にも若い頃はあってな。後先考えずに、女に聞いたんだ。

『お前を逃《に》がしてやろうか』と。そうしたらあの女、何て言ったと思う？」

「子供を置いていけない？」

ルカが顔を上げ、驚《おどろ》いた顔でじっと佐知を見る。

確信があった訳ではない。けれどジーノとアリアの子供に対する接し方を見ていれば、母からの愛情を疑いようもなく受け取っていたことは分かる。

「身体《からだ》も心もぼろぼろで、それでも女はそう言った。俺はそれが不思議で、それからも何度か女に会いに行った。手土産《てみやげ》に食い物をやると、嬉《うれ》しそうにジーノが笑ってたな」

「ジーノにも、可愛《かわい》い頃があったんですね」

その頃のことを思い出したのか、ルカがふっと口元を緩《ゆる》めた。

「意外なことに、あったんだよ。今の史と目元が少し似ていた。あいつは現金で、俺が部屋に入ると警戒心《けいかいしん》剝き出しで母親を守ろうとするくせに、食べ物をやるところっと機嫌《きげん》を直していたな。子供を可愛いと思ったことはなかったが、あいつを可愛がるあの女に免《めん》じて、生意気な態度も許してやったんだぞ」

ルカが史に時折向ける優《やさ》しい瞳《ひとみ》は、幼い頃のジーノをその中に見つけるからなのか。

史を初めて見た時も、ジーノの子か？　と聞いていたことを思い出して、ルカの中にあるジーノへの愛情の片鱗《へんりん》を感じた。

ウキが海にじゃぶんと沈《しず》む。落ち着いた様子でルカがリールを巻いた。引き揚《あ》げた釣り竿の先には、小さなアジが一匹《いっぴき》。ルカは釣れたアジを持ってきたバケツに放《ほう》り込み、それからまた餌をつけて釣り竿を操り、ウキを海へと投げた。

「変な女だと思った。愛してもいない男との子供のために、逃げるチャンスをふいにするなんてな。直接言ったこともある。そうしたらあの女、『だって私は母親だもの』と言ったんだ。俺の知っている母親とはえらく違《ちが》っていて、日本人は皆《みんな》そうなのか？　と疑問に思ったものだ」

「もしかして、ルカさんが日本に興味を持ったのって……？」

「日本語が話せたのはたまたまで、まだ片言だった。あの頃《ころ》は日本に金の匂《にお》いがしていた頃で、覚えて損はないと思っただけだったんだ。……あの女と会うまではな。あの女が何度も言っていたんだ。日本に帰りたい、とな。日本には四季があって、春には桜が咲《さ》いて綺麗《きれい》だ、夏には海で泳いで、秋には紅葉狩《もみじが》りをする、冬は温泉が最高だ、なんて嬉しそうににこにこ話していた。日本語で話せる相手が我が子しかいなかったから、片言でも話せる相手は貴重だったんだろうな」

閉じ込められていたジーノ達の母のことを思う。佐知が今、東雲家を恋《こい》しく思うような、その程度の気持ちではないだろう。どれほど日本に帰りたかっただろう。それを思うと、胸が締《し》めつけられる。

「だが、俺があの女のところに通うのを、馬鹿兄貴は気に入らなくてな。あの男が俺を嵌《は》めて、俺はそれにブチギレて、二度とファミリーなんかに係《かか》わらないと啖呵《たんか》を切って出て行った。殺されなかったのは、まあ……一応血縁《けつえん》だったからという温情か、ただ単に俺など取るに足らない存在だと思ったからなのか、知らないがな」

あの女とはそれきりだ。そう言ったルカの目が、ぱちりと瞬《またた》いた。

「俺には、あんな風に誰《だれ》かを愛せない」

「別に、同じように愛する必要はないでしょう？　それに、マフィアにどっぷり浸《つ》かっていたジーノだって、愛する人を見つけたんですよ？」

「そんなものは、勘違《かんちが》いかもしれないだろう」

「別に、上手く愛せなくてもいいじゃないですか」

「よくない」

「どうして」

「どうせ終わりになるなら、最初から手を伸《の》ばさないほうがいい」

ああ、これだ。佐知は思った。

これが、この人が一番恐《おそ》れていることなのだ。

この人の見る未来には、いつだって終わりがある。それはもちろん、人の一生には終わりがあるが、そういうことではなくて、この人はいつだってフィリップとの未来を諦《あきら》めている。

賢吾を信じられなかった頃の自分と似ている。そう思った。

「どうして終わりになるって決めつけるんですか？」

「俺はあいつが思っているような人間じゃないからだ」

「……？」

「あいつは口を開けば、俺のことを優しいだの美しいだの神が齎《もたら》した奇跡《きせき》だのと言う。あいつが見ているのは俺じゃない別の何かだ」

フィリップさん、いつもそんなことを言っているのか。

懇願《こんがん》してそばに置いてもらっていると聞いた時、穏《おだ》やかに見えて情熱的な人だとは思ったが、まさかそこまでとは。しかもそれは、この人にとっては逆効果だ。フィリップにそう言われるたびに、戸惑《とまど》った顔をするルカが目に浮《う》かぶ。

ウキを眺《なが》めてそんなことを考えていると、ウキの近くでぱしゃんと魚が跳《は》ねた。それが合図だったみたいに、またルカが口を開く。

「それに」

そう言った後、少し間があった。ウキを見ていた視線をルカの横顔に向ける。ルカはこちらを見ないまま、再度口を開いた。

「あいつから逃げた時、贈《おく》られていた指輪を質《しち》に入れた。死んだ祖母が大事にしていた結婚《けっこん》指輪で、祖父のものと対《つい》になっていると聞いていたのに。あいつの大事なものを捨てた俺には、あいつとどうこうなる資格なんかないだろ」

「どうして、質に入れたんですか？」

「……持っていたら、いつまで経《た》っても終わりにできない気がしたんだ」

「手放して、終わりにできましたか？」

「………」

この人は、フィリップを愛している。先ほどからルカが言っているのは、つまりそういうことなのだ。

愛しているから、終わりになるのが怖《こわ》い。

それは図《はか》らずも、過去の佐知と似た感情だった。いつか終わる関係になるぐらいなら、今のままの関係でいたいと思った。その気持ちが痛いほど分かるだけに、ルカに諦めさせたくない。

誰かを信じることは怖い。自分の心を預けることも怖い。でもそれは、相手だって同じだ。

その怖さを乗り越《こ》えて手を差し伸べてくれる人がいるのに、諦めさせたくなかった。

佐知が賢吾を一方的に避《さ》けていたあの頃、いつでもへらへら笑っていた賢吾を思い出す。

佐知に何度も突《つ》き放されて辛《つら》かっただろうに、賢吾はそんな表情を一つも見せなかった。馬鹿な佐知に傷つけられても、素知らぬ顔で笑っていた。そういう賢吾の優しさの上に胡坐《あぐら》をかいて、佐知は賢吾を傷つけ続けたのだ。

あの頃の自分達と同じように、ルカにこれ以上フィリップを傷つけさせたくなかった。

「あなたの言いたいことは分かりました。でも、だったらどうして突き放さないんですか？本当にあなたが彼と何も始めたくないなら、彼を解放すべきでは？」

「それは、あいつが離《はな》れるぐらいなら死ぬと言うから――」

「突き放さないなら受け入れたって一緒《いっしょ》でしょう？　あなただって愛しているくせに」

その言葉を言った途端《とたん》、しまったと思った。ルカの表情が劇的に変わったからだ。

「誰もがお前達と同じだと思うな！」

立ち上がったルカが、釣《つ》り竿《ざお》をその場に叩《たた》きつける。

「今更《いまさら》、家族や恋人《こいびと》になることにメリットなんかないだろ！　今のままで充分《じゅうぶん》だ！　俺には誰かの恋人になったり家族になったりするのは無理だ‼　だって家族というものの正しい在り方すら知らないんだからな‼」

「ルカさん！」

引き留めようとしたが、慣れない足場ではルカを追いかけられず、走り去っていく背中を見送るしかなかった。

「……やっちゃった」

後悔《こうかい》で、一人その場にしゃがみ込む。

結論を急ぎ過ぎた。思いを突きつけてしまったことで、ルカの逆鱗《げきりん》に触《ふ》れてしまった。もう少しゆっくりと、ルカの気持ちに寄《そ》り添うべきだったのに。

「どうした？」

背後から聞こえてきた声は、佐知が今一番聞きたい声だった。けれど、今一番聞いてはいけない声だとも思った。

「どうして来ちゃいけなかったのか？」

振《ふ》り返ると、そこにはやはり賢吾がいて。ポケットに手を突っ込んでこちらを見ている賢吾に、今すぐ抱《だ》きつきたくなった気持ちを堪《こら》える。

「いや……今、お前に甘えるのはちょっと違う気がして」

ルカの心に無遠慮《ぶえんりょ》に触れて怒《おこ》らせたくせに、自分だけ賢吾に慰《なぐさ》められるのは何だかちょっと狡《ずる》い気がしたのだ。

「何だそりゃ。俺に甘えなきゃ誰に甘えるんだよ」

岩場をひょいひょいと軽い足取りで進んできた賢吾は、佐知の隣《となり》にしゃがみ込む。

「よくここが分かったな」

「その辺を歩いてた住民を捕《つか》まえて聞いてきた」

賢吾は手にトマトを持っていた。おそらく、その捕まえた住民とやらに貰《もら》ったものなのだろう。かぷりとそれを齧《かじ》って、佐知の顔を覗《のぞ》き込んでくる。

「今度は何で落ち込んでんだ？　ほら、さっさと吐《は》け」

「ちょっと、怒らせちゃって」

「ああ、ルカか。さっき般若《はんにゃ》みてえな顔して通り過ぎてったな」

今度は何をやらかしたんだ？　言葉の割には優《やさ》しい声で促《うなが》され、佐知は組んだ腕《うで》に顔を伏《ふ》せて言った。

「ちょっと、気持ちが先走りすぎちゃって」

ぽつぽつと、ルカを怒らせた経緯《けいい》を話すと、あっという間にトマトを食べ終えた賢吾がくしゃっと佐知の頭を撫《な》でる。

「それで落ち込んでんのか」

「俺が伊勢崎だったらよかったのになあ」

「は？　気持ち悪《わり》ぃこと言うな」

「それか犬飼さんだったら、もうちょっと上手に言えたのに」

ただ自分勝手に気持ちを押しつけてしまった。しょんぼりとする佐知の顔を、賢吾がまた覗き込んでくる。

「まあでも、それが佐知だからな」

「なあ、今ここ、俺を貶《けな》すとこじゃないからな」

「別に貶してねえだろ」

「俺のことを諦めるなよ。もうちょっとやれる子だって言えよ」

「別に諦めてねえって。そういうお前のお節介《せっかい》で、幸せになるやつだっているだろ？」

「たとえば？」

「俺とか」

「お前かよ」

全然慰めにならない。佐知がぷいっと顔を背《そむ》けると、「失礼なやつだな」と頰《ほお》を突かれた。

「もうちょっとこう、具体的に褒《ほ》められたい」

「今さっき、俺に甘えるのはどうこう言ってなかったか？」

「お前が俺を甘やかさなくてどうすんだよ」

「勝手か」

賢吾のそばにいると、どうしたって甘えたくなってしまう。そんな佐知に、賢吾は呆《あき》れたような面白《おもしろ》がっているような顔を見せた。

「甘やかさないならあっち行けよ」

「お前、年々横暴になってるぞ」

「お前が俺を甘やかすせいだよ」

「はいはい。全部俺が悪いよ」

賢吾の指が、佐知の鼻を摘《つ》まむ。ふにふにと動かされて猫《ねこ》が威嚇《いかく》するみたいに鼻に皺《しわ》を寄せると、賢吾はくくっと笑った。

「お前は確かにお節介だし、余計なことを言うけども」

「なあ、ここ貶すとこじゃないって言ったんだけど」

「最後まで聞けって。そういうお前だから、相手の心のバリケードを突き破って進んでいけることもあるだろ？」

「それ、褒めてる？」

「褒めてる褒めてる」

ちらっと賢吾を見ると、こちらを覗き込む顔は意外に真剣《しんけん》だった。

「お前じゃなかったら、そもそもあの二人の問題に首を突っ込もうとすらしてねえだろ？」

「それ、褒めてるか？」

「疑《うたぐ》り深《ぶけ》ぇな。あんなに長いことずっとぬるま湯にいたら、誰《だれ》かがぶっ壊《こわ》してめちゃくちゃにしなけりゃ、今更どうにもならねえんだよ」

「お前、それ本当に褒めてる？」

どう考えてもそれ、俺がぶっ壊してめちゃくちゃにしたと思ってるよな？

むっと唇《くちびる》を尖《とが》らせる。その唇にちゅっとキスを落とし、賢吾は「あ、今は別に家の中じゃねえから、いちゃつき禁止じゃねえな」と笑った。トマトの味がするキスに、佐知の口元も何となく緩《ゆる》む。

「せっかくだからここでしてくか？」

「海に突き落とすぞ」

「何だよ、ツレねえの」

ちっとも本気ではない顔でそう言って、賢吾はよいしょと立ち上がる。「ほら」と手を差し出され、佐知もようやく立ち上がった。

「でもまあ、進展はあったじゃねえか」

「進展って？　俺がルカさんを怒らせてぶち壊したって？」

「違《ちげ》えよ。あのルカから本心を引き出せただろ？　それって結構でかい一歩なんじゃねえのか？」

「……賢吾、お前って時々いいこと言うよな」

「馬鹿《ばか》。俺はいつもいいこと言ってるっての」

確かにそうだ。あのルカから、とりあえずフィリップに対する思いがあることを聞き出せたのだ。それはとても大きな一歩だ。前向きに考えよう。

「ところで、ジーノの結婚式《けっこんしき》の件はどうなったんだ？」

「う……っ、それは、まだちょっと……」

「忘れてたのか」

「わ、忘れてない！　ルカさんがジーノの結婚式に出ないっていうのも、結局は男同士がどうのって言うより、自分が逃《に》げ出したものを直視したくないのかなって気がして。だからその問題を片付けてからのほうが、説得しやすいかなって、そう思って……」

段々尻《しり》すぼみになっていく佐知に賢吾が問い返してくる。

「だってジーノが今いるところは、ルカさんにとっては同性同士の恋愛《れんあい》のゴール地点みたいなものだろ？　ルカさんが逃げなければ、いたかもしれないところ」

ルカはフィリップから渡《わた》された指輪を質《しち》に入れたと言っていた。指輪を渡された経緯をルカは言わなかったが、フィリップの大事なものだと言っていたのだ。おそらくそれはプロポーズとして渡されたものではなかったのか。

「たぶんあの人は、ジーノを祝えない自分が嫌《いや》なんじゃないかなって思うんだ。ジーノに不幸になって欲しいと願う自分が嫌なんだ」

自分とは違う道を行くジーノが幸せになったら、自分の進んだ道が間違《まちが》いだったことになる気がして、あの人はそれが怖《こわ》いんじゃないかと佐知は思うのだ。

そんなことを考えるのは、おそらく賢吾とこうなる前の自分ならそう考えただろうと思うからだ。けれどその道はまだ間違いだと決まっていない。その先でまた幸せへと分岐《ぶんき》できるかもしれない。今ならまだ。

「指輪、か」

賢吾がぼそりと呟《つぶや》いた。少し考える仕草をしてから、「要するに」と言って話を変える。

「今の関係を壊すのが怖いってことだな。壊したくないぐらい、フィリップにそばにいて欲しいってことじゃねえのか？」

「逃げ出したもの？」

「賢吾もそう思う？」

賢吾は佐知の顔を見て苦笑《くしょう》して、髪《かみ》をくしゃりと撫でる。

「お前のそういうお節介なところが、俺にも移っちまったかもな」

「賢吾？」

「何でもねえ。それより、そろそろ夕飯の準備に取り掛《か》かりたいから、魚を持って帰ってくるように、とフィリップに頼《たの》まれたんだがな」

「あ！」

二人はバケツを覗《のぞ》き込む。そこには小さなアジが一匹《いっぴき》だけで、夕飯のおかずにはとても足りない。

「俺がルカさんを怒《おこ》らせたせいだな」

「別に毎回釣《つ》れる訳じゃねえだろうし、気にすることでも――」

賢吾の言葉が不自然に途切《とぎ》れたのは、佐知の隣《となり》に落ちていた釣り竿《ざお》ががたりと動いたからだった。

「おい佐知、引いてる！」

「え!?」

慌《あわ》てて釣り竿を押さえた賢吾と共に、二人で釣り竿を持ち上げる。

「お、俺、釣りなんてまともにしたことないんだけど！」

「いいからリールを巻け！」

「あ、ああ、分かった！」

さっきルカがやっていたように、見様見真似《みようみまね》でリールを巻く。必死に巻いて、巻いて、二人がかりで何とか引き揚《あ》げたものは。

「鯛《たい》だ……！」

「これだけでかけりゃ、晩飯には充分《じゆうぶん》だろ」

バケツに放《ほう》りこんだ鯛を眺《なが》めて、佐知はうんうんと頷《うなず》いた。

きっとこれは幸先《さいさき》がいい。海老《えび》で鯛を釣ると言うじゃないか。見事に釣りあげてみせよう。ルカという名の大物を。


佐知と賢吾がバケツと釣り竿を持って帰宅すると、フィリップは苦笑混じりにそれを出迎《でむか》えてくれた。

「アジが一匹だけしか釣れなかったんだってね」

「いえ、それがあの後、鯛が釣れたんです」

「え？　鯛が？　それはまたすごいね」

二人がバケツの中の鯛を見せると、フィリップが目を丸くする。

「君達は釣りの才能があるんだね。羨《うらや》ましいよ」

ルカが叩《たた》きつけた釣り竿に、勝手に掛かっていただけです。そうは思ったが、えへへと笑って誤魔化《ごまか》した。ルカを怒らせたことはすでにバレているかもしれないが、怒らせた経緯《けいい》を話してフィリップを悲しませたくない。

「これでアクアパッツァが作れるね」

「やった！」

あらかじめ用意してくれていたエプロンをして、佐知はフィリップと並んでキッチンに立つ。アクアパッツァとバーニャカウダの作り方を教えてもらい、恐《おそ》る恐るルカの座るテーブルに皿を並べ始める頃《ころ》には、無言ではあったが少しばかりルカも機嫌《きげん》を直してくれたようで、ほっと胸を撫《な》で下ろした。

そうして、ルカともう一度話が出来たのは夕食後のことだ。

眉間《みけん》の皺《しわ》が何とか消えた頃を見計らい、佐知は外のテーブル席でワインを飲みながら寛《くつろ》ぐルカに近づいた。

「何だ」

気配で気づいたルカに先に声をかけられ、無視されなかったことにほっとして、佐知はルカの左手の席に腰《こし》を下ろす。

「さっきはすみませんでした」

ルカの手が、持っているグラスを揺《ゆ》らした。テーブルの上に置かれた蠟燭《ろうそく》の火でグラスがきらきらと光るのが綺麗《きれい》で、少しの間、佐知も一緒《いっしょ》にそのグラスを眺める。

「……でも、一つだけ言いたいことがあって」

「何だ」

「さっきあなたは、今更《いまさら》家族や恋人《こいびと》になることにメリットなんかないって言ったけど、縁《えん》を結ぶって、メリットとかじゃないです。全部ひっくるめて、一緒にいるために縁を結ぶんだと俺は思います」

「………」

沈黙《ちんもく》に緊張《きんちょう》する。怒らせてしまえば、また話を聞いてもらえなくなる。でも佐知は知っているから。賢吾と史と共に過ごす幸せを。

「家族というものの正しい在り方を知らないとも言ってましたけど、正しい在り方なんてものもきっとないです」

「ない？」

「俺達だって、普通《ふつう》っていうのとはかけ離《はな》れてると思います。でも、一緒にいたいから。時々は腹が立つところや嫌なところがあっても、それでも家族なんです」

以前は『普通』という言葉を当たり前のように使っていた。けれど今は、『普通』というものは何と定義の難しい言葉なんだろうと思う。

れば。

でも、別に誰《だれ》かにとっての『普通』でなくていいのだ。それが自分にとっての『普通』にな

誰かの目を気にして生きるより、自分の幸せを選ぶ。そう思えるのは、賢吾と史がそばにいてくれるからだ。だって二人と一緒にいたい。家族でいたい。誰に何と言われたって、それだけは譲《ゆず》れない。

「言っている意味が分からない」

「上手《うま》く説明できなくてすみません」

「いや……」

伊勢崎や犬飼なら、上手く補ってくれるのに。自分が普段《ふだん》から彼らに助けられていることをひしひしと感じて、佐知は今すぐ彼らに会いたくなった。召喚魔法《しょうかんまほう》みたいに、今すぐここに召喚できたらいいのに。

戸惑《とまど》った顔をしているルカに申し訳ない気持ちになったが、少し考える仕草をしてからルカはグラスを置く。

そうしてこちらに視線を向け、小さく肩《かた》を竦《すく》めた。

「だが、俺のために言っていることは分かる」

その言葉にほっとして、佐知はふっと息を吐《は》く。知らず、緊張で息を詰《つ》めていたらしい。

「変わった男だな」

佐知を観察していたルカは、その仕草に小さく笑《え》みを零《こぼ》した。

「ジーノの結婚式《けっこんしき》に参列させたいんじゃなかったのか？　それなのに、機嫌を取るどころか俺を怒らせてばかりだな」

「それはもちろん、ジーノの結婚式にだって出てもらいたいですよ？」

自分でも、何をしているんだと思う気持ちはある。けれどどうしても、この人を他人だと思えない。ルカを見ていると、意地を張っていた頃の自分が蘇《よみがえ》る。あと少し、ほんの少し勇気を出せば、そこに幸せがあるはずなのに。そう思ってしまうのだ。

「ははっ、だとしたら悪手だな」

ルカが珍《めずら》しく、機嫌良さげに声を上げて笑ってワインを飲んだ。

美しい人だとは思っていたが、柔《やわ》らかく微笑《ほほえ》んだルカの表情の変化は劇的だった。あまりのことに言葉を返すのも忘れてぽかんとルカを眺めていると、背後から声が聞こえてくる。

「機嫌が良さそうだね」

振《ふ》り向いた先にいたのは、フィリップと賢吾だった。

「こいつがあまりにも馬鹿《ばか》だからな」

「失礼な」

くく、と笑いながら言ったルカの言葉に佐知がむっと唇《くちびる》を尖《とが》らせると、賢吾が「おい」と文句をつけてくる。

佐知ぐらいのも可愛《かわい》い顔をするな」

「お前の目は節穴が過ぎる」

いい歳《とし》をした男が唇を尖らせている姿を可愛いと思うのは、賢吾と、そして佐知ぐらいのものだ。だって、賢吾が唇を尖らせるのも可愛い。

そばによってきた賢吾に頰《ほお》を抓《つね》られ、ぺしりとその手を叩き落としていたら、ルカの背後に立ったフィリップがこちらに向かってにっこりと笑いかけてきた。

「そろそろお開きにしては？　中で史君が寂《さみ》しがっていたよ？」

「え？　ああ、そうですね」

まだルカを説得したいのは山々だが、史だけを家の中で一人にしておく訳にもいかない。

渋々《しぶしぶ》佐知が立ち上がると、当然の顔で賢吾は後ろをついてきたが、家の中に入ってすぐにくくと笑い声を立てた。

「何がおかしいんだよ」

足を止めて賢吾を振り返る。すぐさま佐知の腰を抱《だ》き寄せた賢吾は、向かい合って佐知の額にキスを落とし、また笑った。

「いや、あのおっさんもなかなか嫉妬《しっと》深《ぶか》いなと思って」

「おっさん？」

「フィリップだよ、フィリップ」

「フィリップさんが？」

にこにこして自分達を見送っていた印象しかない佐知は首を傾《かし》げたが、続いた賢吾の言葉で合点がいった。

「笑う顔を見せたくなかったんだろうよ」

「ああ、そういうことか」

確かに、さっきのルカの笑顔はどきりとさせられるものだった。自分にだけ特別気を許してくれたような気がしてしまうから、あんな笑顔を見せられたら、勘違《かんちが》いする者だっているかもしれない。

「あの人、きっと魔性《ましょう》ってやつだな」

「お前が言う台詞《せりふ》じゃねえな」

「また始まったよ。俺のことを魔性だなんて言うのは、お前だけなんだからな」

賢吾は常日頃《つねひごろ》から佐知のことを魔性扱《あつか》いしてくるが、佐知に言わせれば賢吾のほうがよほど魔性である。一緒に街を歩くたび、すれ違う人の視線が賢吾に突《つ》き刺《さ》さるのを嫌《いや》というほど感じるのに、本人は自分への視線にまったく頓着《とんちゃく》していないのだ。

「嘘吐《うそつ》け。伊勢崎も舞桜も言ってるだろうが」

「あいつらはお前に合わせてるだけだろ」

他人に笑いかけるなと、賢吾はいつもうるさい。毎日仏頂面《ぶっちょうづら》で生活しろというのか。医者というのも立派な客商売だ。患者《かんじゃ》にそんな顔をしていたら、すぐに苦情が来る。

付き合っていられないとばかりに賢吾の腕《うで》から抜《ぬ》け出そうとするが、拘束《こうそく》が強まって壁《かべ》に身体《からだ》を押しつけられた。

「おい」

「鬼《おに》の居ぬ間に、ちょっとエロいことしとくか？」

「馬鹿。史が奥にいるんだぞ」

「史はブルローネと遊んでたから大丈夫《だいじょうぶ》だって」

「大丈夫な訳あるか」

そんなことを言いながらも、近づいてくる唇を拒《こば》めない。

ちゅっと音を立てて、触《ふ》れた唇が離れていく。それだけで充《み》たされるような、餓《う》えるような、複雑な気持ちになった。

「せっかくの旅行なのに、エロいことが一つもできねえなんてなあ」

「馬鹿」

けれど賢吾がこうしてちょっかいを出してくるから、佐知は愛されていることを疑う暇《ひま》がないのだとも知っている。賢吾が計算してやっているとは思わないが、いつだって賢吾は佐知を安心させる天才だ。

毎日ふとした瞬間《しゅんかん》に、ああ自分はこの男に愛されてるんだなあと実感する。そういうところが狡《ずる》い。

「お前は本当に狡いな」

「いつも会話が唐突《とうとつ》だって自覚があるか？」

「だってお前は、それでも何となく理解してくれるだろ？」

「なるほど。これは俺が甘やかした結果か。だったら仕方ねえな」

「そうだよ、甘やかした結果だから仕方ないんだよ」

佐知がふふんと胸を張ると、賢吾は眉《まゆ》を上げて面白《おもしろ》そうにしてから、不意に表情を変えた。

「……なるほど、甘やかした結果か。確かにそれもあるな」

「賢吾？」

「ずっとぬるま湯にいたら、分からねえこともあるよな」

「おい、何だよ。怒《おこ》ったのか？」

散々甘やかしておいて、今更《いまさら》文句があるのか。佐知がそう唇を尖らせれば、賢吾はその唇をつんと指で弾《はじ》いて、「何でもねえよ」と笑った。

「何でもなくないだろ。怒ったんだったら素直《すなお》にそう言えよ」

「俺がお前に怒るのは、お前が自分を大事にしねえ時だけだ」

「賢吾を大事にしない時は？」

「もちろん拗《す》ねる」

堂々と言い切られ、佐知は思わずぷっと噴《ふ》き出す。こんな強面《こわもて》の男が拗ねるだなんて、誰《だれ》も想像しないだろう。自分にだけは甘えたな賢吾を可愛いと思ってしまうから、恋《こい》というものは厄介《やっかい》である。

「拗ねるのかよ」

「当たり前だ」

ちゅっとキスしてくる唇を受け止めると、足元で「にゃあん」と声がした。

「あれ？　ブルロ――」

「ああ！　ぱぱとさちがいちゃついてる！　だめだっていわれたのに！」

「あ、史、これは違う！　違うぞ？　頼《たの》むから大きな声を出すなって！　しーっ！」

賢吾を突き飛ばし、佐知は必死に史に向かって唇に指を当てる。けれど史はぷくりと頬を膨《ふく》らませて、「ずるい！」と声を張り上げた。

「ぼくもいちゃつきたい！　ねえ、ぱぱだっこ！」

「はいはい。うちの家族はどいつもこいつも甘えん坊《ぼう》で困るな」

賢吾が史を抱《だ》き上げたところで、風紀委員が飛んでくる。

「おい！　いちゃついてるとはどういうことだ！」

「うわ！　違います！　今のは史の勘違いで……！」

「ぼくとぱぱがいちゃつくのはいいんだよね！」

賢吾の首に抱きついた史が、ぎゅうっと頬に頬を引っ付ける。それを見たルカが「何だお前らか」と身体から力を抜くのを見て、佐知はほっと胸を撫《な》で下ろした。ぎりぎりセーフ。

そうして少しずつルカが心を開いてくれているのを感じていた佐知だったが、翌日になっても説得は困難を極《きわ》めていた。

このままではまずい。明日《あした》にはジーノ達のところに戻《もど》らなければならないのだ。焦《あせ》り始めた佐知は、中庭で本を読んでいたルカを捕《つか》まえて、せめて結婚《けっこん》式の日にジーノに会いに来ないかと提案することにした。

「結婚式に参加しなくても、会いに行くことはできるじゃないですか」

「諦《あきら》めの悪い男だな。結婚式に参加しないのに、どうしてわざわざ会いに行かなければならないんだ」

「何事もきっかけがいるでしょう？　一言お祝いを言うだけでもいいじゃないですか。これを機に、ジーノと歩み寄りましょうよ」

「マフィアと係《かか》わるのはごめんだ」

「う……」

それを言われると、ぐうの音も出ない。確かに、マフィアと好んで係わりたがる者などあまりいない。

「狡いですよ、それは」

「狡くない、正論だ。俺が正しい」

どこかで聞いたことがある台詞だな。佐知は少し考えて、それからぷっと噴き出した。

「何がおかしい」

「だって、ジーノと同じことを言うから……っ」

先日おとなげないジーノが史に対して言っていたのも、『私が正しい』だった。一緒《いっしょ》に過ごした時間はほとんどないはずなのに、似ている二人が面白い。

「あんなやつと一緒にするな」

「はは、ジーノも同じことを言いそう」

きっと今のルカと同じように、眉間《みけん》に皺《しわ》を寄せて言うのだろう。想像がつくだけにおかしくて、佐知がまた笑ってしまっていると、家の中からフィリップが出てきた。

「教会に届け物があるから、少し出掛《でか》けてくるよ」

「あのね、きょうかいにいったらねこちゃんがいっぱいいるんだって！　だからぼくとぱぱもいっしょにいってくる！」

フィリップの後ろをついてきた史が、佐知のところまで駆《か》けてきて嬉《うれ》しそうに報告すると、その後ろから賢吾もついてくる。

「どうしても史が行くってきかねえからな」

教会か。まだ行ったことがないなと思いながら佐知が立ち上がろうとすると、その肩《かた》を賢吾に押さえられた。

「お前は留守番」

「何でだよ」

「お前にはやることがあるだろ？」

ちらりと視線を向けられたルカは、ふんと鼻を鳴らして顔を逸《そ》らす。

「時間の無駄《むだ》だ」

「それはどうだろうな。それにあれだ、会えない時間が愛を育てるってこともあるしな」

「お前、馬鹿《ばか》じゃないのか？　ちょっとそこまで行くだけのくせに」

何年も離《はな》れて過ごす訳でもあるまいし、いくら何でも大袈裟《おおげさ》だ。佐知が呆《あき》れて腕《うで》を叩《たた》くと、賢吾は叩かれた場所をわざとらしく撫でながら笑った。

「近すぎて見えないこともあるだろ？」

「……？」

「いいか、佐知。がつんと背中を押してやれよ？」

「背中を押す？」

言葉の意味を上手《うま》く摑《つか》み切れない佐知にお構いなしに、賢吾は佐知の頭をくしゃりと撫でて離れていく。

「良い子にしてろ」

「俺はいつだって良い子だよ、馬鹿」

普段《ふだん》は佐知が他《ほか》の男と二人きりになるのをものすごく嫌《いや》がるくせに。珍《めずら》しくあっさりとした態度を見せられて、何となく不満を感じてしまうから性質《たち》が悪い。

いや、きっとルカを説得したいという佐知の気持ちを理解してくれているからだ。佐知は自分にそう言い聞かせて賢吾に手を振《ふ》ったが、賢吾は最後に「触《さわ》られないように気をつけろ」と余計な一言を残していった。

「あの男、本気で馬鹿なんじゃないのか」

「すみません」

去り行く賢吾の背中を呆れ顔で見送るルカに「後で殴《なぐ》っておきます」と頭を下げると、「別にそこまでしなくてもいいが」と戸惑《とまど》った表情を返される。

しばらく和《なご》やかに会話を続けた。この町の景色の話、食べ物の話、ブルローネの話。油断した頃《ころ》にまた話を持ちかけようと思っていたのだが、意外にも先のことを切り出したのはルカだった。

「明日には帰るんだろう？」

「ええ。できればあなたも一緒に来て欲しいんですけど」

「しつこいな」

「そのしつこさに免《めん》じて」

「あのなあ……そもそも、ジーノのやつは別に俺に来て欲しいと思っていないだろう？」

「あなたから見て、ジーノって素直《すなお》に来て欲しいって言うような人間に見えます？」

「質問に質問で返すな。……まあ、言うとは思えないが」

「でしょう？」

我が意を得たり、と佐知は身を乗り出す。

「そのジーノが結婚式の前にわざわざあなたのことを持ち出したからには、きっとあなたに祝って欲しいと思ってるんですよ」

「極論過ぎないか？」

そうは言ったものの、ルカの口元には苦笑《くしょう》が浮《う》かんでいるだけで、以前とは違《ちが》って話を聞いてくれる姿勢を感じた。

ジーノがルカのことを気にかけているのは嘘《うそ》じゃない。そうでなければ、絶対にルカの名前を出したりはしなかったはずだ。そしてルカだって、ジーノのことを気にかけている。

「素直じゃない者同士、何となく分かるんじゃありませんか？」

「俺はいつだって素直だ」

素直の意味を間違えて覚えてるんじゃないですか？　佐知の口から皮肉が飛び出しかけた時のことだ。

『ルカさん、大変だ！』

血相を変えて中庭に飛び込んできたのは、佐知達が町を散策した時にも会ったことのある住民の一人だった。

『一体どうしたんだ、そんなに慌《あわ》てて』

『フィリップさんが子供を庇《かば》って崖《がけ》から落ちた！　医者がご家族を呼んでくれって！』

「……っ！」

がたん！　と音を立てて立ち上がったルカに驚《おどろ》いて、佐知も反射的に立ち上がる。

「ルカさん？　彼は何て言ってるんですか？」

みるみるうちにルカの顔色が真っ青になっていくのが分かった。言葉が分からないことがもどかしくて、ルカの腕を摑んで揺《ゆ》さぶる。

「……フィリップが、崖から落ちたって」

「え⁉　崖から落ちたって……大変じゃないですか！　早くフィリップさんのところに行かないと！」

佐知はすぐに摑んだ腕を引っ張ったが、ルカは何故《なぜ》か動こうとはしなかった。

「……？　ルカさん？」

「家族に、連絡《れんらく》してやらないと」

「は？」

「医者が、家族を呼んでくれって言ってるって」

佐知の手を振り払《はら》い、ルカが家の中に入っていこうとする。佐知は慌ててそれを追いかけ、また腕を摑んだ。

「何言ってるんですか！　まずはあなたが行くべきでしょう⁉」

医者が家族を呼んでくれと言う時は、あまり状況《じょうきょう》がよくない時だ。フィリップはフランス生まれだと言っていた。連絡したって、家族が今すぐに来られる訳じゃない。もちろん家族に連絡するのも大事なことだが、まずはルカがそばに行ってやるべきじゃないのか。

「とにかくまずは病院に……っ」

摑んだ腕を引こうとするが、ルカは根が生えたようにそこから動かない。

「だって医者は、家族を呼んでくれと言ってる」

ルカの手は、小刻みに震《ふる》えていた。

フィリップが死ぬのが怖《こわ》い。この手がそう言っている。それなのにこの人は『家族』というたった一言にこだわって、ここから動くこともできないのか。

「ルカさん、意地を張ってる場合じゃないでしょ！　今はそれどころじゃ――」

「だって……俺はあいつの家族じゃない」

声を震わせて、血を吐《は》くみたいな顔をして言葉を吐き出す。

苦しいくせに、辛《つら》いくせに、どうして自分をわざと傷つけるようなことを言うのか。

けれど、分かる。分かるのだ。佐知には分かってしまう。意地を張ってしまうルカの気持ちが。

ずっと自分はそうじゃないと言い聞かせてきたから、そこで線を引いてきたから、今その罰《ばつ》を受けているような気がしているのだろう。

けれど、意地を張ることに意味なんかない。その先にあるのは後悔《こうかい》だけだ。それでは何も守れない。自分の心だって、フィリップの気持ちだって。

とうとう、佐知の中でぶつんと何かが切れた。

「違うだろ!?　あの人が会いたいのはあんただろ!?」

いつだって、フィリップが会いたいのはルカのはずなのだ。それが死ぬかもしれない瞬間《しゅんかん》であるなら尚更《なおさら》だ。

「あの人はいつだってあんただけを見てる！　今この瞬間だって、あんたを待ってるに決まってるだろ！」

もし自分が死ぬかもしれないと思った時、佐知なら絶対に賢吾に会いたい。賢吾だって同じはずだ。

最期《さいご》に一目でいいから愛する人を見たいと思うことの何がいけないのか。会いに行くことを躊躇《ためら》う必要なんかない。その願いを叶《かな》えてやれるのは、ルカだけなのだ。

「ルカさん！」

ルカの胸倉《むなぐら》を掴《つか》んで揺さぶる。だが、ルカは俯《うつむ》いたまま顔を上げなかった。

「俺は、家族じゃない」

家族じゃない？　家族じゃないだって？

ここ数日のルカとフィリップの生活を思い出す。あれだけお互《たが》いの存在が当たり前で、家族じゃないだって？

「意地を張るのもいい加減《いかげん》にしろ！」

ぐわっと腹の底から怒りが湧《わ》いてきた。

生きている間にしか、言葉は伝えられないのだ。くだらない意地で、そのチャンスを棒に振るなんて馬鹿《ばか》げている。

死んでしまえば、もう終わりなのに。どんなに後悔しても、懇願《こんがん》しても、もう二度とそのチャンスは与《あた》えられない。

「ご飯食べて、つまんないことでも一緒《いっしょ》に笑って！　そういうのが家族なんだから、お二人だってもうとっくに家族ってことでいいでしょう!?　こんな時まで何を怖がってんだよ!!　死に目に会えなくていいのか⁉」

佐知の言葉に、ルカが弾《はじ》かれたように顔を上げた。

「死に目……？」

そう呟《つぶや》いたルカの目が、不安げに揺れている。表情が、佐知に否定してくれと訴《うった》えていた。

それを分かった上で、佐知はルカに現実を突《つ》きつける。

「死んだら全部終わりだぞ⁉　あの人に伝えてないことがいっぱいあるでしょう⁉　それ全部伝えずに、あの人が一人きりであんたに会えない寂《さび》しさ抱《かか》えて死んで、あんたはそれで満足なのか⁉」

そんなことをしたら、絶対に一生後悔する。そんなのは絶対に駄目《だめ》だ。ルカのためにも、フィリップのためにも。

「だ、駄目だ……死んだら、駄目だ……いないと、困る」

見たことがないほど、ルカがおろおろとした顔をした。その表情を見て、佐知は悟《さと》る。

この人は、口で言うほど強くない。本当は一度だって、フィリップが離《はな》れていくことを考えたことがなかったのだろう。日本に逃《に》げた時だって、もしかしたらフィリップが追いかけてくると知っていたのかもしれない。

弱くて狡《ずる》い人。フィリップは、それを承知でずっと許していた。……愛しているから。

けれど今、優《やさ》しいフィリップはそばにいない。ルカを甘やかしてくれる人は、あの人だけなのだ。縋《すが》るように腕《うで》を取られ、佐知は叫《さけ》んだ。

「だったらさっさと行きやがれ!!」

その言葉が合図だったみたいに、ルカは弾丸《だんがん》が飛び出すように走り出した。佐知も慌ててその後ろをついて走る。足には自信があったが、ルカのほうが遥《はる》かに速かった。どんどん引き離されながらも、必死にその背中を追いかける。

走って、走って。ひたすらに走って、何とか病院に辿《たど》り着いた。

『ルカさん! よかった! 早くこっちへ!』

入口で待ち受けていた医師らしき住民の声掛《こえか》けに頷《うなず》きながら、ルカは足を止めることなく進み続ける。町の小さな病院には病室が一つしかなく、ルカは迷うことなくその部屋に飛び込んだ。

『フィリップ!』

ベッドにはフィリップが横たわっていて、部屋の隅《すみ》には住民達と賢吾が並んでいた。佐知はすぐさま賢吾のそばに行き、上がってしまった息を整えながら尋《たず》ねる。

「はぁ、はぁ……史、は……?」

「こういうのを見せるのは良くねえと思って、別の部屋で預かってもらってる」

「そんな……」

その言葉に、佐知は絶望的な気持ちになった。史に見せるのが良くない状況ということは、それだけフィリップの容体が思わしくないのだろう。

声を震わせる佐知の肩《かた》を、賢吾が優しく抱《だ》き寄せる。

よろよろとベッドに辿り着いたルカは、フィリップの身体《からだ》に縋りつくように突っ伏《ぷ》した。

『待ってくれ、置いていかないでくれ……っ、俺の家族はお前しかいないんだ……！』

ルカの悲痛な叫びが病室に響《ひび》く。病室にいた全員が目を伏せて肩を揺《ゆ》らすのを見て、佐知は胸が苦しくなった。

駄目なのか。そんなにも容体が悪いのか。

いや、諦《あきら》めるのは早い。自分だって医者だ。海外で治療行為《ちりようこうい》を勝手にする訳にはいかないが、症状《しようじよう》を聞いて何か策を考えられたら。

「あの……」

そう医師に進言しようとした時、賢吾の手が佐知の口を塞《ふさ》いだ。

「……？」

驚《おどろ》いて賢吾に視線を向けると、無言で首を横に振《ふ》られる。

……そして。

『本当に？』

聞こえてきたのは、フィリップの声だった。それは少し気だるげな声ではあったが、思ったよりもしっかりしている。

『フィリップ……？　お前、大丈夫《だいじょうぶ》なのか？』

『ああ、少し脳震盪《のうしんとう》を起こして起き上がれなくなっていたけれど、もう少ししたら帰れると思う。それよりもルカ、今言ってくれたことは本当？』

『脳震盪？　だって、あいつが家族を呼ぶようにって……』

ルカの視線が病室の隅にいた人に向く。何を言っているか分からないが、ひどく呆然《ぼうぜん》とした顔だった。

「なあ、何が起こってるんだよ」

賢吾の手を無理やり外し、小声で話しかける。二人が何を話しているかはちっとも分からないが、何やら思っていた状況《じょうきょう》と違《ちが》っていることだけは分かった。

「後で説明してやるから、もうちょっと見守ってろって」

佐知の唇《くちびる》に指を置き、賢吾が「しー」と黙《だま》るように合図してくる。視線をルカに戻《もど》せば、やはり様子がおかしい。

『誤魔化《ごまか》さないで欲しい。今、はっきりと聞こえた。君の家族は私しかいないって、そう言ってくれたよね？』

『あ、あれは……っ』

『私のことを家族だと思ってくれていると、そう思っていいんだよね？』

フィリップが起き上がり、ルカの手をぎゅっと握《にぎ》る。

え？　起き上がれるの？　佐知は驚いて声を上げそうになったが、賢吾にまた手で口を塞がれてそれを遮《さえぎ》られた。

『ルカ、嬉《うれ》しい。私は、ようやく君の家族になれたんだね』

ルカの手の甲《こう》に、フィリップがくちづける。

おい、何かすごく甘い雰囲《ふんい》気《き》じゃないか？　一体何が起こっているんだ。ああ、畜生《ちくしょう》！　どうして俺はイタリア語が分からないんだ！

『……そんなの、もうとっくの昔に家族だ』

ルカの言った言葉に、住民達が感動したように涙《なみだ》を零《こぼ》し始めるのに、佐知だけが置いてけぼりだ。何が起きているのかさっぱり分からず、自分の口を塞いでいる賢吾を睨《にら》みつける。

『愛してるんだよ、ルカ。この気持ちを、もう隠《かく》さなくてもいいかい？』

『……俺より先に死なないと約束するなら』

『何としてでも、君より長生きすると誓《ちか》うよ』

くすりと笑ったフィリップの唇が、涙をぽろぽろと零《こぼ》すルカの目元に触《ふ》れる。

おい待て。待て待て。何かどんどんいい雰囲気になっている気がするのに、さっぱり状況についていけていない。

「大団円だな」

小さく呟かれた賢吾の言葉が、ちっとも理解できない。

「……要するに、どういうこと？」

「二人が家族になったってこと」

「え？」

ちょっと待て。今ので？　今ので家族になっちゃったの？

「やっぱり、人の心が動くのは死を身近に感じた時だよな」

「おい、ちょっと待て。何か嫌《いや》な予感がしてきた。そもそもフィリップさん、何で起き上がってんだよ。家族を呼んでくれって言われるぐらいの容体だったはずだろ？」

「脳震盪だ」

「脳震盪……？」

「史を庇《かば》ってちょっとした段差で転んでな。その時に頭を打って一瞬《いっしゅん》気を失ったんだが、すぐに意識を取り戻した」

「……ベッドで寝《ね》ていたのは？」

「念のため安静にしていろと皆《みんな》で寝かせたら、しばらく昼寝をしていたな」

にやりと笑った賢吾の頰《ほお》を思い切り抓《つね》る。

「いててててっ、何すんだ！」

「お前の仕業《しわざ》だろ！」

「おいおい佐知、いくら俺でもフィリップが脳震盪を起こすことを予期できる訳が——」

『おいあんた！　あんたの言った通りになったな！』

突然《とつぜん》後ろから話しかけられて振り向くと、そこには嬉しそうな顔をしたこの町の住民達がいた。

『全部あんたのお陰《かげ》だ！　まさかこんなに上手《うま》くことが運ぶとは思わなかったよ！』

『いやあ、あんたが皆でちょっとルカを揺さぶってやろうと言い出した時はどうなるかと思ったけど、まったくいい仕事をしてくれたね！』

あはははは、と豪快《ごうかい》に笑いながら賢吾の肩をばしばしと叩《たた》く年配の女性は、すぐ隣《となり》にいた佐知にも話しかけてくる。

『あんたがルカを説得してくれたんだろ？　この人が「俺の夫がルカを必ず連れてくる」って言ってたけど、本当にルカを連れてきてくれるなんて！　ありがとう！』

ぎゅうぎゅうと抱きしめられ、佐知は目を白黒させながら賢吾を振り返った。

「お、おい、何て言ってるんだ？」

「いや、別に大したことじゃねえから――」

「ああ！　おまえ、にほんごだけ！　わたし、すこしわかる！　るか、おしえた！」

「げっ」

賢吾が小さく呟《つぶや》いたのを、聞き逃《のが》す佐知ではない。この野郎《やろう》、俺にまた何か隠しているな。

「こいつ、わたしたち、うそ、いう、いった。ふぃりっぷ、しぬ、るか、あわてる」

片言の日本語ではあったが、言いたいことは何となく分かる。

やはり、町の人達に嘘《うそ》を吐《つ》かせたのは賢吾なのだ。

『おい、秘密だって言っただろうが』

『この人はあんたの夫で味方なんだろ？　一人だけ知らないなんて可哀想《かわいそう》じゃないか！』

賢吾はイタリア語で何やら文句を言ったようだったが、女性は抱《だ》きしめたままの佐知の背中をばんばん叩いて何かを言い返し、それから佐知の顔を覗《のぞ》き込んでくる。

「ふぃりっぷ、けが、ぐうぜん。こいつ、らっきー、いった。るか、だます、けが、ちいさい」

「フィリップさんの怪我《けが》は偶然《ぐうぜん》で、それを利用することを賢吾が思いついたってことか」

じっとりとした視線を賢吾に向ける。

「ということは、フィリップさんが怪我をする前から、皆でルカさんを騙《だま》そうと計画してたってことだよな？　道理でお前があっさり俺を置いて出掛《でか》けたと思った」

「何だよ、置いていかれて寂《さび》しかったのか？」

「違うだろうが馬鹿《ばか》、今そこを喜ぶところじゃないだろ。よくも俺まで騙したな」

「敵を欺《あざむ》くにはまず味方からって言うだろ？」

だからか。だから、史がいなかったのだ。史がもしここにいたら、すぐにフィリップが元気であることを教えてくれただろう。

さっき賢吾が言っていた『こういうのを見せるのは良くない』というのは、皆でルカを騙しているのを見せることを指していたのだ。

「ちゃんと説明しろ！　一体どこからどこまでが計画のうちだったんだ！」

女性の腕《うで》から抜《ぬ》け出して、佐知は賢吾の頭をぽかりと叩く。賢吾は「痛《いて》えな」と叩かれた頭を撫《な》でて誤魔化そうとしたが、仁王立《におうだ》ちの佐知が引かないことを理解すると、嫌そうにぼそぼそと話し始めた。

「最初は、フィリップをどこかに隠して崖《がけ》から落ちたことにしてやろうかと思ったんだが、ちょうど教会に向かってる途中《とちゅう》でフィリップが史を庇って代わりにすっ転んだんでな。せっかくだからその線でいくかってことになって――」

「要するに、出掛ける前から計画してたってことだよな？」

一体いつの間にそこまで町の人と仲良くなっていたのか。これだから賢吾はまったく油断がならない。

この男はいつだってそうなのだ。他人に興味がないだ何だというくせに、気がつけば人に囲まれている。すっかり住民達に囲まれて口々にお礼を言われているらしい賢吾を睨んでいると、こちらを見て居心地《いごこち》悪そうに頬を掻《か》いた。

「そんなに怒《おこ》るなよ」

「これが怒らずにいられるか！　こっちは心臓が止まるかと思ったんだぞ！」

ぎゅむっと鼻をつまんでやる。よくも俺だけ仲間外れにしやがって。

「いてててて！　悪かったって！　でもほら、上手くいっただろ？」

賢吾に二人を指差され、佐知はむっと唇を尖《とが》らせる。佐知だって自分なりに頑張《がんば》っているつもりだったのに、結局最後は賢吾が丸く収めてしまった。何だか面白《おもしろ》くない。

『あははは！　今日は二人の記念日だ！　毎年祝わなきゃな！』

『お、いいね！　あんたも毎年来いよ！　何せ二人のキューピッドだからな！』

『おい、勝手に盛り上がるなっ』

盛り上がる町の人達にもみくちゃにされている賢吾を見るのも、何となく腹立たしい。佐知を除《の》け者にして、彼らと楽しんでいた訳だ。

「何だよ、馬鹿」

けれど、泣き笑いしてフィリップの頬を撫でているルカを見ていたら、まあいいかと思い始める。

大事なのは、ルカとフィリップが幸せになることだ。

「でも、俺のことを騙したのは許さないからな」

これが最後とばかりに思い切り頬を抓ってやると、賢吾は痛い痛いと文句を言いながらもされるがままで。こういうところが賢吾は狡《ずる》い。

俺が二人をくっつけてやったんだと自慢《じまん》する訳でもなく、むしろ町の人が佐知に話さなければ陰で自分が暗躍《あんやく》していたことを話すつもりもなかったはずだ。きっと町の人達に頼《たの》まれたような顔をしていたのだろう。

いつだって自分がしたことは黙《だま》ったままで、佐知が気づかずに過ぎてしまっていることはきっとたくさんある。

「別に俺は騙してねえだろ」

頬から手を離《はな》すと、賢吾はわざとらしく痛そうに頬を撫でた。

「二人がちゃんと家族になれたのはいいことだけど、それとこれとは別。俺を騙すなんて、もうお前のことなんか信じられないね」

「いやだから、俺は別に何も言ってねえだろ？　お前が勝手に騙されただけで」

「勝手に？　勝手に騙された？　ほう……どの口が言ったんだ？　この口か？」

賢吾の口を指で摑《つか》もうとすると、その手を取られて逆にぺろりと舐《な》められる。

「怒るなよ。それより佐知、あの二人が晴れてカップルになったからには、きっとあの家でのいちゃつき禁止も無くなると思わねえか？」

「馬鹿！」

手を取り返し、佐知は思い切り賢吾に向かって「いーだ！」と歯を剝《む》き出しにしてやった。

「あのルカさんが、そんなにすぐに変わる訳ないだろ！」

「分かってねえなあ、佐知。二十年以上お預けしてたんだ、箍《たが》が外れた狼《おおかみ》は怖《こえ》えぞ？」

「それってフィリップさんのこと？　ないない。あんなに優《やさ》しい人だぞ？　お前と違《ちが》って気長にルカさんの気持ちが追いつくのを待つに決まってる」

思いを通わせる前に押し倒《たお》したお前と一緒《いっしょ》にするなよと佐知が睨《にら》むと、賢吾はふふんと楽しそうに笑う。

「賭《か》けるか？」

「何を賭けるんだよ」

「決まってるだろ。勝ったほうが何でも言うことを聞いてもらえるんだ」

賢吾の手が、意味深に佐知の唇《くちびる》を撫でる。佐知ははっと笑ってそれを受けて立った。

「世の中、お前みたいなけだものばかりだと思うなよ？」

だがすぐに、佐知はその言葉を後悔《こうかい》することになるのである。


「信じられない……！」

史がぐっすり眠《ねむ》った夜中、佐知はベッドの中で枕《まくら》を頭に載《の》せ、聞こえてくる雑音と闘《たたか》っていた。

「だから言っただろうが、箍が外れた狼は怖えぞって」

そうは言ったものの、隣でベッドに横たわる賢吾もうんざりした顔をしている。

それもそのはずで、先ほどからずっと、隣の部屋からベッドが軋《きし》む音がひっきりなしに聞こえてきて、二人は眠れぬ夜を過ごしているのだ。

「こっちには子供がいるんだぞ⁉」

「史が早寝《はやね》するタイプでよかったな」

「そういう問題じゃない！」

『あ……っ！』

壁《かべ》を挟《はさ》んだ向こうから、時折ルカの悩《なや》ましげな声が漏《も》れ聞こえてくる。うっすらとしか聞こえてはこないが、あのルカの声だと思うととても眠れそうにない。

「思いが通じ合ったからって、客が泊《と》まってるのにその日のうちにベッドに連れ込むなんてありなのか⁉」

二人と一緒に病院から帰っている時は、とても微笑《ほほえ》ましかった。フィリップは幸せそうに笑っていたし、ルカは耳まで赤くなっていたけれど、それでも繋《つな》いだ手を離《はな》さずに仲良く歩いていて。佐知はそんな二人の幸せそうな顔が嬉《うれ》しくて、胸がほっこりとした。それなのに。

帰って夕飯を食べている間、ずっとルカを見つめ続けるフィリップのあまりの熱烈《ねつれつ》さに見ているこちらの顔まで赤くなり、こうなったらお邪魔虫《じゃまむし》はさっさと風呂《ふろ》に入って寝ようと部屋に戻《もど》ったのが二時間前。

部屋に戻って少し話していたら史がころりと眠って、そのすやすやとした寝顔に癒《いや》されたのが一時間前。そしてその後すぐ、隣《となり》の扉《とびら》が乱暴にばたんと閉まる音がした。

……それからずっとこれである。

「こうなったら、俺達も朝までヤるしかねえな」

「史がいるだろうが、馬鹿！」

「じゃあ、ちょっとだけ」

賢吾の手が、布団《ふとん》の中でするりと佐知の太腿《ふともも》に触《ふ》れる。

「おい、賢吾っ」

二人の間には史が眠っていて、大きな声を出さない代わりに賢吾を睨みつけたが、賢吾はそれに笑っただけで、パジャマのズボンの中に指が侵入《しんにゅう》してきた。

「佐知、さっきの覚えてるか？」

「さ、さっきのって……？」

指が、佐知の下着に触れる。下着の中に入り込もうとする指をパジャマの上から押さえると、賢吾がまたくすりと笑った。

「勝ったほうが、何でも言うことを聞いてもらえるってやつ」

「……っ、今、そんなこと言われ、ても……っ」

賢吾としたくない訳ではないが、やはり史がいると落ち着かない。ましてや、ここは他人の家の他人のベッドだ。

られたいからだ。

「どうしても、嫌《いや》か？」

「だって、ぁ……っ、だ、って……」

賢吾の指が、佐知の先端《せんたん》に触れる。ただそれだけのことで息が上がるのは、佐知だって触れ
「史は、一度寝たら滅多《めった》に起きねえだろ？」

「そう、だけど……っ」

隣の部屋からは、ぎしぎしと揺《ゆ》れるベッドの音が聞こえる。それが妙《みょう》に興奮を煽《あお》って、佐知をたまらない気持ちにさせた。

「じゃあ、史にバレねえようにちょっとだけ、な」

ベッドから起き上がった賢吾が、佐知の手を引く。それに釣《つ》られて起き上がると、賢吾は佐知をバルコニーへと誘《さそ》った。

夜のひんやりとした空気が、火照《ほて》り始めた身体《からだ》に心地《ここち》好《よ》い。でも、まさかこんなところで、と身構えてしまう佐知の腰《こし》を、バルコニーに置かれたチェアに座った賢吾が引き寄せた。

「最後まではしねえから、ちょっとだけ付き合ってくれ」

「それが、お願い？」

「そう、それがお願い」

ここぞとばかりに、もっといやらしいことでもさせられるかと思ったのに。賢吾の膝《ひざ》を跨《また》い

で対面で腰を下ろすと、唇がちゅくりと合わさってくる。

「ずっとあいつにばかり構ってただろ？　そろそろ俺にもちょっとぐらい構ってくれ」

「何だよ、ヤキモチ焼いてたのか？」

「お前が頑張《がんば》ってるのは分かってたけどな。せっかく、イタリアでお前といちゃいちゃできると思ってた俺の期待に、少しぐらい応《こた》えてくれてもいいだろうが」

「ちなみに、どんなことしようと思ってたんだ？」

「観光名所巡《めぐ》って、ゴンドラ乗って、ジェラート食べて、旅の恥《はじ》はかき捨てのお前とそこら中でいちゃいちゃする予定だった」

「またベタな……しかも何勝手に俺に恥をかき捨てさせようとしてるんだよ。かき捨てないよ、俺は」

そう言いながらも、むっと尖《とが》らせた賢吾の唇にキスを落とす。やっぱり、うちの賢吾は唇を尖らせても可愛《かわい》い。

「そこはかき捨てろよ」

「かき捨てなくても、俺はいつだってお前と一緒だろ？」

賢吾の髪《かみ》に指を入れる。風呂上《ふろあ》がりで整髪料《せいはつりょう》が何もついてない髪はさらりとしていて、昼間より少しだけ幼く見えるリラックスした表情が愛《いと》おしい。

「それよりもお前、また俺に黙《だま》ってる気だっただろ」

ろ？」

佐知の唇にキスをしようと近づいてくる唇を手で押し返し、誤魔化《ごまか》しは許さないぞと睨む。

「どうしていつも、そうやって内緒《ないしょ》にしようとするんだよ」

「いや……自分でもらしくねえなと思って」

「え？」

「お前のことでもねえのに、何とかしてやりてえなんて、俺らしくねえだろ」

「……は？」

賢吾らしくない？　そんな理由で隠《かく》そうとしていたのか？

「最初は別に口を出す気なんかなかったんだ。別にあいつらがどうなろうと、俺とお前には関係ねえことだし。けど、何かフィリップを見てたらこう……何て言えばいいんだろうな、ほっとけねえなって思い始めて」

「自分みたいだったから？」

「まあ、それもあるが……お前のお節介《せっかい》が移っちまったんだな」

「俺？」

賢吾の手が佐知の頰《ほお》をむにっと摘《つ》まんだのは照れ隠しだ。賢吾の中では相当自分らしくない

「何のことだか」

「しらばっくれるなよ。何にも言わないで町の人達が思いついたことにするつもりだったんだ

と思っているようで、口調もいつもよりほんの少し早口になる。

「お前があの二人を幸せにしたいって頑張ってる姿を見てたら、俺も何かしてやりたくなっちまってさ。何か、昔の俺達を見てる伊勢崎達の気持ちもこんなだったのかもしれねえなあって思ったな」

「あ、それは俺も思った。傍《はた》から見てるとこんなに分かりやすいのかって思ったら、恥《は》ずかしくなったりしてさ」

「ああ、分かる。俺はこの町のやつらがヤキモキしてるの見て、もしかして俺も伊勢崎にこんな風に哀《あわ》れまれてたのかって、ちょっと腹が立ったな」

夜のひんやりとした風が、佐知の頬を撫《な》でていく。寒さにふるっと身体を震《ふる》わせると、賢吾の手が佐知の背中を優《やさ》しく摩《さす》った。

「実は昨夜《ゆうべ》、お前らが寝た後でちょっとだけ散歩に出てたんだ」

「え？」

「だって隣でお前が寝てんのに、こっちは指一本触れられねえんだぞ？　俺は枯《か》れてねえんだよ。だから熱を冷ましがてら散歩してたんだが、そうしたら町の連中が酒盛りしてるのに出くわしてな」

「いつの間に……」

「せっかくだから呑んでいけって誘われて何となく話を聞いてみれば、出るわ出るわ、あの二人への長年の愚痴《ぐち》が。それで、どうせなら協力させてやろうと思ってな」

賢吾がいつ住民達と計画を練り上げていたのかと思っていたが、佐知が寝ている間だったとは。

「なるほど。俺が知らない訳だ」

「お前を抱《だ》きたくて我慢《がまん》できなくて、外に散歩に行ってましたなんて、そんなガキ臭《くせ》えこと言いたくねえだろ？」

「結局言ったけどな」

「お前が拗《す》ねるからだろうが」

「お前が内緒にするからだろうが」

二人で顔を見合わせて苦笑《くしょう》して、それから自然と互《たが》いに引き寄せられるようにキスをした。今ではこうすることをこんなにも自然に感じるのに、こんな風に互いに触れることが当たり前になってまだ二年も経《た》っていないなんて信じられない。

「……俺は、あの頃《ころ》を無駄《むだ》だったとは思ってねえんだ。きっと俺には必要な時間だった」

「俺を甘やかすなよ」

賢吾を一方的に拒絶《きょぜつ》していたのは佐知だ。あの頃すっかり拗れていた関係は、史が来てくれなければ今もきっとあのままだっただろう。

ちゅっと唇《くちびる》を触れ合わせ、賢吾は「そうじゃねえよ」と頬を緩《ゆる》ませた。

「もし、中学や高校の頃の俺がお前とこうなってたとするだろ？　そうしたらたぶん、今よりもっと嫉妬深《しっとぶか》くて我慢の利《き》かねえ男になってた自信がある」

「今よりもっと嫉妬深い？　冗談《じょうだん》だろ？」

笑ってやるつもりだったのに、じっとこちらを見てくる顔が真面目《まじめ》で、佐知は思わず「嘘《うそ》だろ」と呟《つぶや》く。

「今以上はちょっと」

「分かってるっての、ドン引きした顔すんな」

がぶり、と鼻を甘噛《あまが》みされ、その後またちゅっとキスをされた。

「まあ、だからきっとあの二人にとっても、これまでの時間があってこその幸せってのがあるんだろうな」

「そうだといいな」

何度もキスを交《か》わしながらおしゃべりを続ける。

「まあでも、俺はお節介なのはお前らしかったと思ってるよ？」

「そうか？」

「うん。お前、自分で思ってるよりずっとお節介だからな」

「そうか。だったらそれこそ、佐知のお節介が移ったんだな」

「俺のせいにするなよ」

「お前のせいじゃなくて、お前のお陰《かげ》」

賢吾の指がまたパジャマの中に入り込んできて、今度は乳首《ちくび》を弄《いじ》られた。

「ぁ……っ、ほんとに、最後までは……だめ、だから、な……っ」

「分かってる。ちょっとだけ、な」

ふにふにと乳首を弄られながら、キスが深くなっていく。肉厚な舌が佐知の敏感《びんかん》な粘膜《ねんまく》を擦《こす》って、触《ふ》れられてもいないのに性器がひくりと震えるのが自分で分かった。

「賢吾、ぁ……駄目《だめ》……っ」

するりと下りてきた指が下着の中まで入り込んで、佐知の性器を引っ張り出す。ひやりとした空気に濡《ぬ》れた先端《せんたん》が触れ、佐知はびくりと背中を震わせた。

「濡れてるな、佐知。もう我慢できねえか？」

耳朶《じだ》を嬲《なぶ》られながらそう囁《ささや》かれ、佐知は震える指を賢吾のものに這《は》わせる。賢吾のそこだってすでに硬《かた》くなっていて、ちゅっちゅっとキスを繰《く》り返しながら、佐知も賢吾のものをパジャマから引っ張り出した。

「お前、だって……ぁっ……濡れて、るだ、ろ……」

硬くなったものの先端をくりくりと指で弄ると、耳元で賢吾が息を詰《つ》めるのが聞こえる。佐知だってやられっぱなしではない。口端《こうたん》を上げて佐知が指の動きを強めると、賢吾の指が佐知の性器を握《にぎ》り込んだ。

「やってくれるじゃ、ねえか」

「達《い》きたい、なら……おねだりして、ぁっ……みろよ」

賢吾が佐知の身体《からだ》を知り尽《つ》くしているように、佐知だって賢吾の感じるところを知っている。賢吾は指で先端を優しく撫でられるのが好きで、もっと好きなのは……。

「お、まえ……なあっ」

左手で先端を弄りながら、右手で賢吾の陰嚢《いんのう》をふにふにと握り込んだ。

「賢吾、達っちゃう？」

「この野郎《やろう》……っ」

息を荒《あら》らげた賢吾が、佐知の性器を握る手の動きを激しくする。乱暴な仕草なのに、それに快感を拾ってしまって、今度は賢吾が佐知の耳元で笑った。

「佐知、達っちゃう？」

「こ、の……っ！」

悪態を吐《つ》きたかったが、語尾《ごび》が震える。佐知は少し痛いぐらいのほうが感じてしまう性質《たち》で、そんなこと知りたくなかったのに、身体はしっかりそのことを覚え込んでいた。

「ぁ、ばか……っ、激しく、したら……」

「佐知、一緒《いっしょ》に達くか？」

頬にくちづけながら、賢吾も荒い息を吐く。うんうんと必死に頷《うなず》くと、賢吾の手が佐知の性器と賢吾のものを一緒に握り込んだ。

「佐知」

甘える声で促《うなが》されて腰《こし》を揺《ゆ》らす。賢吾が作った輪の中で、自分の性器と賢吾のものが擦《す》れ合うと、次第《しだい》に恥ずかしさも忘れて夢中になって。

「ぁ、あ、達く、賢吾、達く……?」

「ああ、俺も……すぐ……っ」

「あ、あ、ア……ッ!」

ぐっと賢吾の指に力が入ったのが、最後の刺激《しげき》になり、佐知はぶるりと身体を震わせて高みへと駆《か》け上った。ほとんど同時に賢吾も放ち、賢吾の手が二人分の体液を受け止める。

「賢吾、ぁ……っ」

余韻《よいん》に身体を震わせながら、賢吾の唇に嚙みついた。静けさの中、遠くにベッドが軋《きし》む音が聞こえる。

ああ、したいな。

そんな風に思ったけれど、佐知はぺろりと名残《なごり》を惜《お》しんで賢吾の唇を舐《な》めてから、それを解放した。

「ああ、してえな」

「また今度、ゆっくりな」

繋《つな》がってしまったら、この程度では止まれない。史がそばにいる以上、そんなことはできないのだ。

『ぁ……っ！』

小さく聞こえた隣《となり》の声に、二人は顔を見合わせて苦笑する。

「まったく、いい気なもんだ」

「いい歳《とし》した大人が困ったものだよなあ」

そうして二人は、おとなしくベッドに戻《もど》って眠《ねむ》りについた。……とは言っても、とてもではないがゆっくり眠れはしなかったけれど。

翌日、すっきりした顔で目覚めたのは史とフィリップだけで、佐知は初めて爽《さわ》やかな顔をしたフィリップのことをぶん殴《なぐ》りたいと思ったのだった。

「うわ……めちゃくちゃ綺麗《きれい》だ……」

「そう、かな？」

佐知が感嘆《かんたん》の声を漏《も》らすと、目の前の優が照れ臭《くさ》そうに笑った。

結婚式《けっこんしき》当日、佐知は優の控室《ひかえしつ》で時間を過ごしていた。というのも、絶対にジーノが覗《のぞ》き見しに来ないように見張るためである。ちなみに賢吾は、ぶつぶつ言いながらも史と一緒にジーノ側の控室で見張りをしていた。

「でも確かに、こんなに綺麗なら覗き見したくなるのも分かるなあ」

ジーノは朝から、もう三回も控室を脱走《だっそう》し、懲《こ》りずに覗き見を試みているらしい。

ここに到着《とうちゃく》した時にそれを聞いて呆《あき》れた佐知だったが、この姿を見れば納得《なっとく》である。タキシードを用意したのはジーノだ。早くこのタキシードを着た優の姿を見たいに違《ちが》いない。

「だめだよ、さち！　じーのをおどろかせるんだから！」

腰に両手を当てて、佐知をめっ！　と叱りつけたのはサラである。リボンで腰がきゅっと結ばれた華《はな》やかなシフォンドレス姿のサラは、いつにもまして可愛《かわい》らしい。本日の主役の一人であるはずの優が、自分そっちのけで写真を撮《と》りまくるのも無理はないぐらいに。

「サラちゃんも、今日は一段と可愛いね」

「ふふ、さちだってかわいいよ！」

「そうかな？」

佐知が着ているのは、東雲組でのお披露目《ひろめ》に出る際に作ったスーツだ。古城で結婚式をすると聞いてどんな服装で出ればいいのかと迷ったが、イタリアではラフな恰好《かっこう》で出席する者も多いと聞いて、このスーツを選んだ。

賢吾と史は今日、卒園式のために作ったスーツを着ている。今日の朝、スーツを着た時に、うっかり卒園式のことを思い出して涙《なみだ》ぐんだ賢吾がいたことは三人だけの秘密である。

「ああ、サラ。今日のサラは一段と可愛いな」

ぱしゃり。シャッター音が響《ひび》いて、サラがぷうっと頰《ほお》を膨《ふく》らませた。

「もう、ゆうちゃん！　おしゃしんはおわり！　きょうのしゅやくはゆうちゃんなんだからね！　ゆうちゃんがいちばんきれいじゃなくちゃだめなんだから！」

この日のためにジーノが優に用意したタキシードは白。優の美しい黒髪《くろかみ》と瞳《ひとみ》を、これ以上ないほどに引き立たせる組み合わせである。

サラは優の周りを一周回り、満足した顔で頷いた。

「うん、ばっちり！　これならじーのだってめろめろだよ！」

「メロメロ……」

優がぽりぽりと鼻を搔《か》く。どうやら優自身は、自分の容姿にあまり興味がないらしい。

「それより佐知さん、俺達、まだ旅の成果を詳《くわ》しくは聞いてないんですけど」

ここに到着するなりサラとジーノの喧嘩《けんか》に巻き込まれ、そのままジーノを見張る役目を与《あた》えられてしまったので、そういえばそのことを話す暇《ひま》がなかった。前日にざっくりと電話で説明はしたが、ルカから聞いたあれこれはまだ全《すべ》て話せていない。

「ああ、それなら――」

佐知が話しかけた時、こんこん、と扉《とびら》をノックする音がした。優とサラが顔を見合わせる。

「まさか、またじーのじゃないよね？」

「いや、賢吾さんもいるし、それはさすがにないんじゃないかな？」

こんこん。もう一度ノックの音がした。控えめな叩《たた》き方は、どうもジーノとは思えない。

「とりあえず、まず俺が確かめるよ」

もしかしたら式のスタッフかジーノの部下かもしれないと、佐知が扉に近づいた。

そっとノブを回して扉を開け、ひょこっと顔だけを出す。そこにいる人が誰《だれ》だか分かった途《と》端《たん》、佐知は大きく扉を開いた。

「フィリップさん！」

「やあ、間に合ったかな？」

「ええ、もちろん！」

紺色《こんいろ》のスーツに身を包んだフィリップは、髪《かみ》をセットしているせいか、それとも愛を手に入れた男の余裕《よゆう》か、島で会った時より数段光り輝《かがや》いていた。

眩《まばゆ》いばかりの笑顔《えがお》を向けられ、釣《つ》られてにこっと笑った佐知は、その背後にいる人に視線を向ける。

「ところで、そこにいる人は何ですか？　隠《かく》れているつもりですか？」

「別に隠れてない」

むっとした顔でフィリップの背後から顔を出したのは、ルカである。こちらもフィリップとはまた違うタイプの紺のスーツを身に纏《まと》っているが、憎《にく》らしいほど似合っていた。

「さち、だれだった？　じーのじゃない？」

佐知の足元から、ひょっこりとサラが顔を出す。ルカとフィリップを見て驚《おどろ》いた顔をして、

「おきゃくさま？」と佐知を見上げた。

「ジーノの叔父《おじ》さんと、その家族だよ」

「おい」

子供に何を言うのかとルカが戸惑《とまど》った顔をしたが、サラはその言葉を聞いて「ゆうちゃん!!」

と大声を上げて中へと戻っていく。

「ゆうちゃん!!　さちがじーのおじさんをつかまえてきたって!!」

サラが大声で叫《さけ》ぶのが聞こえて、フィリップがぷっと噴《ふ》き出した。

『ルカ、まるで野生動物みたいだね』

『うるさい』

「えっと、すみません」

何を言ったか分からないが、とりあえず謝っておく。すると佐知の背後からも「すみません」と柔《やわ》らかな声がした。

「優さん」

「佐知さん、この方々が？」

優の目が、ルカとフィリップに向く。目が合うとすぐにルカが眉間《みけん》に皺《しわ》を寄せたので、佐知

はルカが優に誤解されないか心配になった。違うんです、この人たぶん緊張《きんちょう》しているだけなんです。


「あ、あの優さん、ルカさんは――」

「お会いできて嬉《うれ》しいです」

優の両手がルカの手をぎゅっと握《にぎ》り込むと、優の後ろから出てきたサラもルカの足に抱《だ》きついた。

「あのね、きょうはじーのとゆうちゃんのけっこんしきなの！　だから、じーのがあいたいひとがみんなきたらいいなって！　ね、ゆうちゃん！」

「うん、そうだよな」

優はサラに向けて笑ってから、ルカにもう一度話しかける。

「俺の我が儘《まま》で呼びつける形になってしまってすみません。本当なら、俺達が挨拶《あいさつ》に行くべきなのに」

「……別に、そんなことは気にしない」

「ふふ、素直《すなお》に来られて嬉しいと言えばいいのに」

フィリップの言葉にルカは耳を赤くしたが、怒鳴《どな》り返したりはしなかった。それに優が嬉しそうに笑って、「とにかく中へ――」と二人を促《うなが》しかけた時だ。

「誰だ、そいつらは」

ルカとフィリップの背後からジーノの声が聞こえ、佐知は咄嗟《とっさ》に優を背中に隠す。

「じーの、きちゃだめっていったでしょ!?」

「どうしてジーノを外に出したんだ」

ジーノの後ろからついてきていた賢吾と史を睨《にら》む。見張りはどうした。

史は困った顔を賢吾に向けたが、賢吾は開き直った様子で言った。

「仕方ねえだろ。おかしなやつが来て、佐知の居場所を聞いていったってジーノの部下が言うんだから」

「不審者《ふしん》なら、撃《う》ち殺してやらねばならないからな」

いちいち言うことが物騒《ぶっそう》だ。結婚《けっこん》式ぐらい、穏便《おんびん》にできないのだろうか。

せっかくびしりと決めたタキシードを着ているというのに、あの胸元《むなもと》から今すぐにでも銃《じゅう》が出てきてしまいそうだ。いっそ身体検査をしてやろうか。

そんなことを考えている間に、いち早く毒舌《どくぜつ》を返した人がいた。

「相変わらず生意気な口を叩くやつだ。誰が誰を撃ち殺すって?」

もちろんルカである。

『お前……』

振《ふ》り返ったルカを見たジーノの目が驚きに見開かれ、思わずといった風にイタリア語が零《こぼ》れ落ちた。

か？』

『お前？　ご挨拶だな。お前がまだ小さなガキだった頃《ころ》に、食べ物を恵《めぐ》んでやった恩を忘れたか？』

『……相変わらずのようだな』

『お互《たが》い様だな』

互いに睨み合う表情がよく似ている。久々の再会だというのに、どうしてそんなに剣呑《けんのん》なのか。おかしい。今日が結婚式の男と、それを祝いに来た男のはずなのに。

『お前のような男のそばにいてくれる物好きがいてよかったじゃないか』

『その言葉、そっくり返してやる。お前のような男を好きになってくれた物好きに、二十年以上もお預けを食わせたらしいな。何様なんだ』

ルカの視線がちらりと賢吾を見た。おいおい賢吾、お前まで何かやらかしたのか？

「ねえふたりとも！　にほんごではなしてくれないと、ぼくたちわかんないでしょ！」

「そうだよ！　ふたりだけにわかることばではなすなんてずるい！」

よく言った、二人とも。でもたぶん、子供に聞かせていいようなやり取りじゃなかったような気はする。何せ、さっきから賢吾が肩を震《ふる》わせて笑っているし、フィリップも困った顔をしているのだ。どう考えてもろくな会話じゃない。

「ジーノ、違《ちが》うでしょ？」

このままずっと続くかと思われた殺伐《さつばつ》とした空気を変えたのは、優の声だった。優は自分の姿が見えないように佐知の背後に隠れたまま、ジーノに向かって言った。

「叔父さんがもし来てくれたら、何て言うんだった？」

「…………」

優の言葉に、ジーノが顔を顰《しか》める。畳《たた》みかけるようにサラも言った。

「じーの、ちゃんといえるっていったでしょ？」

どうやら佐知達がいない間に、こちらでも話し合いが行われていたらしい。

あのジーノが反論することなく、むしろ気圧《けお》されたように言葉を失う姿を、ルカが驚いた顔で凝視《ぎょうし》した。

優と出会った後のジーノを知らなければ、今見たものが信じられないのは当然だろう。

「……お前に」

「はいやり直し」

厳しい優の声が飛んできて、ジーノはむっと唇《くちびる》を引き締《し》めてからまた口を開いた。

「あなたに、母からの伝言がある」

「……お前の、母親から？」

ルカにとって、ジーノの母は愛の象徴《しょうちょう》みたいな人だった。

親から愛を与《あた》えられずに育ったがゆえに、ジーノの母が子供達に注ぐ愛情に憧《あこが》れと嫉妬《しっと》を抱き、自分には無理だとフィリップを突《つ》き放すきっかけにもなった。見捨ててしまったという後《こう》悔《かい》もあったかもしれない。それだけに、ルカにとってはある意味で特別な人だ。

ルカの表情からは、困惑《こんわく》と怯《おび》えのようなものを感じた。フィリップがそっと腰《こし》を抱き直したのも、それに気づいているからだろう。

「罵《ののし》りか、恨《うら》み言か、それとも——」

「感謝してると伝えて欲しい、と。母が遺《のこ》した手紙にそう書かれていた」

感謝。鸚鵡《おうむ》返《がえ》しに自分の口から出た言葉が理解できない様子で、ルカはくしゃりと顔を歪《ゆが》める。

「……感謝なんか、される覚えはない」

「あの狭《せま》い部屋でどうすることもできなかったあの時、私達親子に目を向けたのはあなただけだった。母を助けようとしてくれたのも。母にはそれが嬉しかったようだ。私は、あなたの気まぐれに感謝などしていないがな」

「だから、今まで伝えなかったって？」

「ルカ、いい加減にしなさい」

口を挟《はさ》んだのはフィリップだった。口調は厳しかったが、ルカに向けた視線は優《やさ》しい。

「君も、素直になると約束しただろう？」

ルカはむっと眉間に皺を寄せたが、一つため息を吐《つ》いてから口を開いた。

「悪かった」

「……？　何のことだ」

「兄貴が死んだ時、もう少しお前にちゃんとした言葉をかけてやるべきだった」

「…………」

「だが、今でもマフィアは大嫌《だいきら》いだ」

「まあ、そうだろうな。私も特に好きな訳ではない」

ルカの目が大きく見開かれて、ジーノの口元に苦笑《くしょう》が浮《う》かぶ。

「何だ、私はマフィアが大好きそうに見えたか？　生まれた場所がマフィアだった。そして私には向いていた。それだけだ。特に好きな訳ではない」

「……そうか」

「そうだ」

ジーノとルカの間に沈黙《ちんもく》が落ちた。だがその沈黙は重たいものではなく、どちらの口元にも笑《え》みが浮かんでいて。

「どうやら、雪解けかな？」

そっと佐知のそばにやってきた賢吾に囁《ささや》くと、「まあ、そうだな」と囁き声が返ってくる。

「それで二人とも、準備は万全《ばんぜん》かな？」

背後から優が囁く声が聞こえてきて、佐知と賢吾は二人同時に振り向かないままで親指を立てた。

結婚式の始まりに相応《ふさわ》しい、パイプオルガンの調べ。弾《ひ》いているのは、何とフィリップである。

「あの人、何でもできるんだな」

「まあ、良かったじゃねえか。まさか演奏者が、マフィアの結婚式と知って土壇場《どたんば》で逃《に》げ出すとはな」

賢吾がくっと笑うのを、不謹慎《ふきんしん》だぞと窘《たしな》める。

演奏者が逃げ出したと知ってジーノは怒《おこ》っていたが、フィリップのお陰《かげ》で事なきを得た。そうでなかったら今頃《いまごろ》、逃げた演奏者の命が危なかったかもしれない。そう思うと、フィリップを拝みたくなる。

古城の中には美しい礼拝堂があり、参列者は皆《みな》、そこで優達を待つ。すでに祭壇《さいだん》にいるジーノの表情が珍《めずら》しく強張《こわば》っていて、あのジーノでも緊張《きんちょう》するのかと不思議な気持ちになった。

「あ、くるよ！」

扉《とびら》が開き、史が張り切って賢吾のスマートフォンを構える。『きょうのぼくはかめらまんだからね！』と賢吾からスマートフォンを取り上げ、動画を撮影《さつえい》中なのだ。

祭壇まで敷《し》かれた赤絨毯《あかじゅうたん》の先端《せんたん》に、優が立つ。隣《となり》に立っているのはサラだ。

本来なら親が一緒《いっしょ》に歩くのだが、優は早くに両親を亡《な》くしている。一人で歩くという選択肢《せんたくし》ももちろんあったが、優が共に歩く相手としてサラを選んだ。

緊張の面持《おもも》ちの優が、サラと共に佐知達の席の横を通り過ぎていく。サラは史が構えているスマートフォンに向かって笑顔で手を振る余裕《よゆう》を見せ、二人がジーノに近づいていく。

「おい佐知、お前のスマートフォンを貸せ」

「何だよ急に」

「いいから早く」

賢吾にせっつかれてスマートフォンを渡《わた》すと、すぐにカメラを起動した賢吾が動画を撮《と》り始めた。

「お前まで何やってんだよ」

「だってほら見てみろよ。ジーノのやつ、泣きそうだぞ」

言われてジーノに視線を向けて、佐知は絶句した。あのジーノが、本当に今にも泣きそうな顔で優を見つめていたからだ。

「これはお宝映像だぞ。永久保存版として置いとこうぜ」

「優さんにあげたら、喜びそうだよな」

ジーノの視線は、じっと優に注がれている。優もその目を真っすぐに見つめ返して、二人の距離《きょり》が縮まっていく。

「あれ？　何か、俺まで泣きそうになってきた」

「馬鹿《ばか》、絶対に泣くなよ、可愛《かわい》いから」

ジーノと優の人生の紆余曲折《うよきよくせつ》を思うと、二人の人生が混じり合ったことが奇跡《きせき》のように思える。しかもあのジーノが今にも泣きそうなのだ。こんなの貰《もら》い泣きするに決まっている。

優とサラが、ジーノのもとに辿《たど》り着く。サラの手が、握《にぎ》っていた優の手をジーノに差し出した。

「ほら、じーの！　ゆうちゃんのこと、しあわせにしないとゆるさないからね！」

「分かっている。君もまとめて、必ず幸せにする」

ジーノが優の手を取ると、サラはくるりと二人に背を向け、佐知達のところまで駆《か》けてくる。そのまま佐知の胸に飛び込んできたから、よしよしとその頭を撫《な》でてやった。

「よく頑張《がんば》ったね」

「……うんっ」

サラにとって、優とジーノはとても大事な人だ。サラが二人と家族になれることを本当に喜んでいることを知っている。だがそれと同時に、サラにとってはジーノが初恋《はつこい》なのだ。

初恋の王子様と大好きな優ちゃん。サラは二人と家族になれたけれど、それと同時に大事な恋を失った。

女心というものは難しい。下手な慰《なぐさ》めは言わず、佐知はただとんとんとサラの背中を優《やさ》しく

叩《たた》き続けた。


結婚式《けっこんしき》のメインディッシュは、ジーノの号泣《ごうきゅう》だった。

優が愛を誓《ちか》った途端《とたん》に泣き出したジーノの姿を動画に収め、ご満悦《まんえつ》の顔の賢吾に呆《あき》れていると、二人の前にルカとフィリップがやってきた。

「いい式だったな」

「ええ。あのジーノがわんわん泣くなんて、滅多《めった》に見られませんからね」

佐知がふふっと笑うと、ルカも思い出した顔で笑う。

「まさか、あいつがあんなに泣き虫だったとはな」

「見たかったら、動画があるぞ」

「何？　その動画を送ってくれ」

「こら賢吾、そんなことをしてる場合じゃないだろ？」

賢吾の脇腹《わきばら》を突《つ》き、佐知は姿勢を正す。礼拝堂の入口で立っていたのは、この二人を逃がさないためだ。

「この後、まだ集まりがあるんです。せっかくだから参加していってください」

「式はもう終わったんだろう？　パーティーの類《たぐい》には、俺は参加しない」

予想通りの言葉だ。式が終わればさっさと帰ってしまうだろうと思ったから、ここで待ち伏《ぶ》せしていたのだ。

「そんなことを言わずに。ジーノのパートナーの優さんが、どうしてもと言うんですよ。結婚式の主役からのお願いを無下にするなんて、さすがのルカさんでもしないでしょう？」

お願いします、とルカを拝む。この人は下手《したて》に出られると案外弱いのだ。

「……まったく。どこへ行けばいいんだ」

予定通り。やはりこの人は意外とチョロい。思わずにやりと笑いそうになるのを堪《こら》えるのに苦労した。

「ありがとうございます！　それじゃあまずは着替《きが》えから」

言質《げんち》は取った。後は行動あるのみ。

「は？　着替え？　何故《なぜ》そんなことを――」

「ほらほら、もう時間がないので、文句は後で聞きます！」

「お、おい！」

嫌《いや》がるルカの背中を無理やりに押し出しながら、フィリップに近づいていた賢吾にウインクする。

「そっちもよろしくな」

「おい佐知、今の可愛かったからもう一回」

ルカに見られないのをいいことに、くくく、とほくそ笑《え》みながら。

こんな時に欲目を出すなと睨《にら》みつけ、佐知はルカを着替えさせるために控室《ひかえしつ》へと向かった。

「馬鹿！　ちゃんとやれ！」


「おい、これはどういうことだ」

むすっとした顔で睨みつけてくるルカに、佐知は涼《すず》しい顔で答える。

「言ったでしょう？　ジーノのパートナーの優さんが、どうしてもって言うからって」

優から託《たく》されたものをルカに手渡《てわた》す。それは先ほどの結婚式で使ったばかりの華《はな》やかなブーケだった。

本来なら結婚式の後に行われるはずのブーケトスを、優はやらなかった。最初からブーケの行き先を決めていたからである。

「俺を見世物にする気か？」

ブーケをじっと見つめたまま、受け取らずに棒立ちしているルカの身体《からだ》は今、タキシードに包まれていた。これは急遽《きゅうきょ》賢吾が用意したものだが、クリーム色のそれは、ルカによく似合っている。

そう。これから、ルカとフィリップの結婚式を行おうというのである。

昨日、佐知達はルカとの間にあったあれこれをかいつまんで優に電話で報告した。ジーノには内緒《ないしょ》にしておいて驚《おどろ》かせようというのは全員一致《いっち》の見解だったのだが、優はそれにまだサプライズを用意したいと言い出した。

『だって二十年以上もすれ違《ちが》っていたんでしょ？　だったら、ここからは駆け足で幸せにならなきゃ』

結婚式とは言っても、正式に証明書を交《か》わす訳ではない。日本と同じく、イタリアでは同性同士は婚姻《こんいん》という形を取ることができないからだ。優とジーノも、この後別の国でパートナーとなるための手続きを取ると聞いていた。

『いいな、それ』

それに同意したのは、何と賢吾である。佐知が思わず賢吾をじっと見ると、賢吾は『実は……』と言い出したのだ。その話を聞いた佐知は、賢吾の顔中にキスの雨を降らせた。うちの賢吾は本当にここぞという時にやることが恰好《かっこ》いい。さすが俺の賢吾。

「こんなのはままごともいいところだろ。いい歳《とし》のおっさんがすることじゃない」

「ままごとでもいいじゃないですか。きっとフィリップさんは今頃《いまごろ》、わくわくしてると思うなあ」

「……っ」

「たぶんフィリップさんは期待半分不安半分で式場で待ってるのに、もしルカさんが来なかったらがっかりするんだろうなあ。フィリップさん、こういうイベントごとが大好きそうだしなあ」

「……お前、性格が悪いと言われないか？」

「日本ではこういう時、いい性格をしてるって言うんですよ？」

ルカが観念したのを察して、はい、と佐知はブーケを手渡す。先ほどとは違ってそれを受け取ったルカは、嫌そうにため息を吐《つ》いた。

「恋愛《れんあい》っていうのは、こういう恥《は》ずかしいことの連続なのか？」

「あはは、まだまだこんなものじゃないですよ、ルカさん。恐《おそ》ろしいことに、恋愛というものは思い出したら消えてなくなりたくなるぐらいに恥ずかしいことの連続なんです」

わざとらしく真面目《まじめ》な顔で言ってやる。ルカはそれを真剣《しんけん》に受け止めたようで「これ以上……」と不安そうな表情を見せるから、あまりにそれが幼くて笑ってしまいそうになった。

「こほん。とにかく、あれだけ待たせたんですから、フィリップさんを喜ばせてあげましょうよ。だってフィリップさん、二十数年前にもルカさんにプロポーズしてたんでしょう？」

結婚式を勝手に準備するなんて正気じゃない。そうは思ったが、それぐらいやらなければきっとこの二人は結婚式などしないだろう。同性だとか年齢《ねんれい》だとかではなく、ルカの性格的にやりそうにないし、それが分かっているからフィリップから提案することもないはずだ。

『長く一緒《いっしょ》に居すぎたからこそ、けじめがあったほうがいいと思うんだ』

優はそう言った。二人が本気で嫌がったらもちろんやめるけど、そうでないならぜひやりたい、と。

「……喜ぶと、思うか？」

不安そうな顔をすることが信じられない。あのフィリップが喜ばない訳ないのに。

けれど、分かっていても不安になるのが恋だというのも知っている。ルカとフィリップの恋はまだ動き始めたばかりだ。初々《ういうい》しさすら感じて、佐知はルカを可愛《かわい》いと思った。

「喜ばない訳ないでしょう。さっきのジーノみたいに泣くかもしれない」

ジーノの号泣を思い出したのか、ルカがようやく笑みを見せる。

「ああ……それは、いいかもな」

「俺達、ばっちり動画を撮《と》っておきますからね」

「頼《たの》む」

いつでもむすっと不機嫌《ふきげん》そうな顔をしてばかりだったルカの表情が柔《やわ》らかくなったのは、もう自分の心に嘘《うそ》を吐かなくてよくなったからかもしれない。

「という訳で、心の準備も出来たところで行きましょう」

「もう、か。心の準備などまったく出来てないんだが」

「あんまり待たせると、フィリップさんが不安で泣いちゃうかもしれませんから。……それに、他にも待っている人がいますし」

佐知がそう言って控室の扉《とびら》を開けると、廊下《ろうか》にはタキシード姿のジーノが立っていた。

「何だ。笑いに来たのか？」

「そこまで趣味《しゅみ》が悪くない」

互《たが》いに同じようにむっとした表情になる。どうして、そういうところばかりが似てしまうのか。

また口喧嘩《くちげんか》が始まりそうだと佐知は身構えたが、意外なことにジーノがふっと笑って表情を崩《くず》した。

『僭越《せんえつ》ながら、私が隣《となり》を歩かせてもらう』

『本気か？』

『もしここに母がいたら、きっと隣を歩きたかっただろうからな。その代わりだと思え』

『……そう思うか？』

『……ああ。母が死んだ時、遺《のこ》した手紙にあなたのことが書かれていた。それを伝えなかったのは、腹が立ったからだ。母はずっと、あなたの気まぐれの優《やさ》しさを覚えていた。そんなものをよすがにして、あの地獄《じごく》を生きていたのかと思うと、間に合わなかった自分に心底腹が立った』

ジーノの眉間《みけん》に皺《しわ》が寄り、声が低くなる。何を話しているか分からなくてはらはらしたが、真面目な顔で会話しているため様子を見ることにした。あからさまに喧嘩しているなら止めるが、もしかしたら祝いの言葉を告げているのかもしれない。……そうであって欲しい。

『だから、遺言《ゆいごん》を伝えなかったのか』

『それだけが理由ではないがな。ファミリーを出ていったあなたは、今更係《いまさらかか》わりたくないだろうと思った。正解だっただろう？』

『確かに、そうだな』

ルカの表情が、皮肉げに歪《ゆが》む。とうとう耐《た》えきれずに佐知は口を挟《はさ》んだ。

「お、おいジーノ、まさか喧嘩売ってるんじゃないよな？　今日はお祝いなんだからな？　穏《おん》便《びん》に、ここは穏便に頼むよ？」

イタリア語でまくしたてられたら、佐知には何を言っているのかさっぱり分からない。どうしてここに賢吾がいないんだ。今だけイタリア語が理解できるようになりたい。

「別に喧嘩などしていない。ただ昔話をしただけだ」

ジーノはしれっとした顔でそう言って、ルカに向かって手を差し出した。

「見届けてやるから、一緒に来い」

「偉《えら》そうに。俺が選んだ男を見せてやるから、黙《だま》ってついてこい」

ジーノの手に手を重ねて、ルカは不敵に笑う。

何なのこの人達。血は争えないって言うけど、本当に似た者同士だ。素直《すなお》に『おめでとう』『ありがとう』って言えないのか。

何はともあれ、歩み寄れたならよかった。……歩み寄れたってことでいいんだよな？

「タキシードの男がタキシードの男の手を引くというのも、おかしな話だな」

ジーノが今更ながらに自分とルカを交互《こうご》に見る。

「はは、確かに。そうしてると、まるで二人が結婚《けっこん》するみた――」

「佐知、死にたいのか」

二人の声が重なって、佐知は反射的に謝った。

「あ、すみません！」

ほら、やっぱり似た者同士じゃないか。

『おい、手が震《ふる》えているな。今更ビビっているのか？』

『うるさい。さっきまで号泣《ごうきゅう》していたやつが何を偉そうに』

「あの、イタリア語で喧嘩するの、やめてもらえます？」

礼拝堂の扉の前に立っても、二人は相変わらずだった。扉が開く直前まで喧嘩していたくせに、扉が開いた途端《とたん》にすんとした顔をするところまでそっくりで、この二人と同じ血が史にも流れているのかと思うと、史の将来が心配になる。

「ほら、仲良く行ってくださいよ」

パイプオルガンの音が響《ひび》く先へ、二人の背中を押す。一歩踏《ふ》み出しかけたジーノが、ついてこないルカに足を止めた。

『おい、怖気《おじけ》づい――』

「ありがとう」

「え？」

ルカが見ていたのは佐知だった。どうして急にお礼を言われたのか分からなくて、佐知は首を傾《かし》げる。

「お前のお陰《かげ》で、前に進めた」

「俺？　俺は別に何もしてないですよ。結局、あなたの背中を押したのは賢吾だったし、こうして結婚式の準備をしたのは優さんで――」

「だが、お前がしつこく俺に付きまとわなかったら、きっと俺は素直になろうなんて思いもしなかっただろう。たぶんフィリップが死ぬと聞かされても、あそこを動けないままだった」

「ルカさん……」

「だから、ありがとう」

佐知の目に、じんわりと涙《なみだ》が浮《う》かんでくる。

ただうるさく付きまとっただけで、結局自分は何の役にも立たなかった。そう思っていた。けれどそうではないのだと聞かされて、自分のお陰で前に進めたと感謝されて、何だか胸を鷲《わし》摑《づか》みにされたような気持ちだった。

「ほら、佐知が号泣する前に行くぞ」

「ジーノには、言われたくない……っ」

二人の背中が、礼拝堂に入っていくのを見送る。堂々とした立ち姿も似ているはずなのに、涙で滲《にじ》んでよく見えない。

「くそっ、まだだぞ、俺」

拳《こぶし》で涙を拭《ぬぐ》い、気合いを入れ直す。まだ佐知の仕事は終わっていない。

参列者の視線がルカとジーノに集まっているのを確認《かくにん》して、こっそり礼拝堂の中に入っていく。

数歩歩いたルカが、驚《おどろ》いた顔で足を止める。その理由は分かっていた。

『どうして……』

礼拝堂の中にいる参列者は多くない。賢吾と史、優にサラ、それから佐知。そして……。

『おめでとう、ルカさん!』

『幸せになって!』

口々にルカを祝福しているのは、ルカ達の住む町の住民達だった。

賢吾と共に一芝居《ひとしばい》打った彼らは、結婚式に出席してくれないかという佐知達の提案に快く頷《うなず》いてくれたのだ。今パイプオルガンを弾《ひ》いているのも、住民の一人である。

ルカの瞳《ひとみ》に涙が滲むのを横目で見ながら、佐知は賢吾達が待つ席へと急いだ。

「おい、届いたのか？」

「まだだ」

「まだ⁉ だってもう式は始まってるんだぞ⁉ 間に合わなかったらどうするんだよ」

小声で怒鳴《どな》るという器用さを見せる佐知に、賢吾の隣に座る史が「しーっ」と注意をしてくる。賢吾のスマートフォンで動画を撮っているのだ。

「間に合わせると言ってた。あいつがそう言う以上、間に合うだろ」

呑気《のんき》な賢吾の言葉に呆《あき》れる。よくもそんなに余裕《よゆう》の顔をしていられるものだ。だってもうルカはすぐそこまで来ているのに。

そう思っている間にも、ルカが赤絨毯《あかじゅうたん》の上をジーノと共に歩いていく。最前列にいる佐知達の隣《となり》を横切って、とうとうフィリップのもとに辿《たど》り着いてしまった。

ジーノの手が、フィリップにルカの手を差し出す。フィリップの手がそれを取ろうとした時、ジーノは少しだけその手を引いた。

『……ジーノ君？』

『もしこの男に何かあったら、このジーノ・ビスコンティが黙っていないことを覚えておくがいい』

ジーノの言葉を聞いたフィリップが、ふわりと柔《やわ》らかく慈愛《じあい》の微笑《ほほえ》みを浮かべる。

『百年早いよ、坊《ぼう》や。私ほどに彼を守れるなどとは思わないで欲しい。けれど、祝いの言葉として受け取っておくよ』

『おい、二人共やめろ』

何を言っているのかは相変わらずさっぱり分からないが、ルカの耳がほんのりと赤くなるのが見えた。

「なあ、今何か、感動的な会話が交《か》わされた？　叔父《おじ》を頼《たの》むとか、そんな感じ？」

「まあ……そんな感じか」

やっぱり。フィリップが優《やさ》しい表情を浮かべたから、きっとそうだと思ったのだ。

佐知が一人で感動していると、聞き慣れた呆れ声がする。

「涙が出そうなほどに感動的な会話ですね」

「だろう？」

反射的に振《ふ》り返ると、そこには待ちわびた男の姿があって。

「伊勢崎！　遅《おそ》いぞ！」

そこにあったのは、懐《なつ》かしい伊勢崎の姿だった。いや、実際には懐かしむほどの期間ではないのだが、気持ちの上では数年ぶりに会ったぐらいの心境である。

「ひどい我が儘《まま》を叶《かな》えて差し上げたのに、その言い草は何ですか？　むしろ、この短時間でここまでやり遂《と》げたことを褒《ほ》めてもらいたいぐらいなんですが」

ああ、この言葉に見え隠《かく》れする棘《とげ》も懐かしい、なんて思いかけた佐知だったが、すぐにはっとして伊勢崎の腕《うで》を叩《たた》いた。

「後でいくらでも褒めてやるから、とにかくさっさと出せよ！」

「感謝の気持ちというものが微塵《みじん》も見えなくて、いっそ清々《すがすが》しいですね」

ちくちくとしたお小言を聞き流し、伊勢崎が内ポケットから取り出したものを半ば強引《ごういん》に奪《うば》って小箱に大事に仕舞《しま》う。そうしている間にも式は進み、二人の愛の誓《ちか》いがちょうど終わったところだった。

「おい史、出番だぞ」

「はーい！」

録画中のスマートフォンを賢吾に渡《わた》した史が、佐知から小箱を受け取る。すっと立ち上がって、緊張《きんちょう》した様子もなくてくてくとルカに近づいていった。

「はい、どうぞ！　ゆびわのこうかんです！」

「史……？　これは一体何――」

史から受け取った箱をぱこっと開けたルカが言葉を失う。そんなルカの様子に首を傾げ、同じく箱を覗《のぞ》き込んだフィリップが、思わずといった様子で呟《つぶや》いた。

『どこで、これを……』

ルカの手の中にあるのは二つの指輪である。フィリップが祖父母から受け継《つ》いだもの。そのうちの一つは、ルカが日本で質《しち》に入れたものだった。

「どうして、これが……？」

ルカの指が、そっと指輪に触《ふ》れる。佐知と賢吾は立ち上がり、二人の前に立った。

「うちの者に捜《さが》させた」

そうなのだ。佐知がルカから指輪の話を聞いてすぐ、指輪に興味を持った賢吾は伊勢崎にその指輪を捜索《そうさく》させていたのだ。

興味なさそうに見えた賢吾が密《ひそ》かに動いていたことにも驚いたが、たったあれだけの情報からこの短時間で指輪を見つける伊勢崎の手腕《しゅわん》にも恐《おそ》れ入る。

「当時、イタリア人の長期滞在《たいざい》はそれなりに目立っていたようで、覚えている人が多くて助かりましたね。行動範囲《はんい》が絞《しぼ》れれば、後はそこから質屋をしらみつぶしに捜して。まあ、そこからが大変だった訳ですが」

うんざりとした顔をした伊勢崎を見れば、それが相当骨の折れる仕事だったことが分かる。さすが伊勢崎大明神様。ありがたくて拝むと、嫌《いや》な顔をされた。

ちなみにフィリップが大事に持っていたもう一つの指輪の入手には、町の住民が協力してくれた。貴金属の手入れの練習をしたいからと言ったら、快く貸してくれたらしい。何ていい人なんだろう。騙《だま》してごめんなさい。

「これは俺達からの贈《おく》り物だ」

「ルカさん、幸せになってください」

指輪を捨てたことは、ルカを頑《かたく》なにする一因になっていたはずだ。ルカの大きな後悔《こうかい》。ルカの為《ため》にはその後悔を取り除いてやるべきだ、と賢吾は思ったらしい。思いついてすぐに行動に移せる賢吾のフットワークの軽さのお陰《かげ》で、今日ここに指輪が届けられた訳だから、佐知が賢吾にキスの雨を降らせたのは当然である。

さらっとそういうことを考えるから、賢吾は狡《ずる》い。さすが俺の賢吾、恰好《かっこ》よすぎる。昨日散々褒めちぎった時の、賢吾の照れた顔を思い出した。

『まさか、戻《もど》ってくるなんて』

フィリップが指輪を手に取り、声を震《ふる》わせるルカの足元に跪《ひざまず》く。

『今度こそ、嵌《は》めてくれるかな？』

ルカはそれに、ぽろりとひとつぶ涙《なみだ》を零《こぼ》した。

『これを捨てた俺には、もう今更《いまさら》お前を欲しいと言う権利がないと思った。それなのに、ずっとお前が離《はな》れていかないから、それに甘えたままで』

『でも、家族だって言ってくれたね』

『きっと後悔するぞ。俺は怒《おこ》りっぽいし、素直《すなお》じゃないし、もういい歳《とし》だ』

ルカの手が、ゆっくりとフィリップの前に差し出される。

『ルカのことは私が一番分かっている。それに、ルカはいくつになっても可愛《かわい》い。これからも一生愛し続けるよ』

『フィリップ……』

フィリップの指が、そっとルカに指輪を嵌める。そうして手を握《にぎ》って立ち上がり、指に嵌《はま》った指輪にキスを落とした。

『愛してるよ、ルカ』

震える指でフィリップの指に指輪を嵌めたルカが、それに泣き顔で答える。

『俺もだ』

何を言っているか分からなくても、感動的なシーンだと分かった。佐知が思わずうるうるしていると、賢吾が「ほら」とハンカチを手渡《てわた》してくれる。

「よかったなあ……っ、二人が幸せになって、よかった……っ！」

「お前、さすがの俺も引くぐらいの顔してるぞ」

「うるさいなっ」

涙と鼻水でぐちゃぐちゃの顔をハンカチで拭《ふ》いている間に、二人が熱烈《ねつれつ》なキスを交わしていて。

その感動的な光景を後目《しりめ》に、賢吾はスマートフォンを佐知に向けた。

「ふはっ、ひでえ顔」

どうして俺を撮《と》るんだ、馬鹿《ばか》。

『おめでとー！』

『お幸せに！』

古城の外は、今日という日に相応《ふさわ》しく雲一つない青空だった。

皆《みな》に祝われながら外に出てきた二人は幸せそうで、佐知は隣に立つ賢吾に寄り添《そ》い、その光景を幸せに眺《なが》める。

「人が幸せになるのを見てるのっていいなあ」

「それより佐知、もうすぐ始まるぞ」

「始まるって何が？」

「優の野郎《やろう》は、ルカにやるって決めてたからやらなかったからな」

「だから、何の話だよ」

「心配するな、俺に任せろ」

「だから何の話……って、おい！　どこに行くんだ⁉」

何だかそわそわしていた賢吾は、急に佐知のそばを離れてずんずんと人混《ひとご》みに入っていく。

あいつ、一体何をするつもりだ？　佐知が首を傾《かし》げていると、賢吾と同じく人混みに入っていく人影《ひとかげ》が見えた。

「伊勢崎？」

二人揃《そろ》って何をする気なんだ。まさか、まだ佐知に内緒《ないしょ》で何かサプライズでも考えているのだろうか。

「ブーケトスですって」

「ブーケトス？」

背後から聞こえてきた声に振り返った佐知は、すぐさま笑顔《えがお》になった。

「舞桜！」

「ふふ、晴海《はるみ》さんのお供で、一緒にやってきちゃいました」

「やってきちゃったぞ！」

舞桜の隣《となり》には碧斗もいて、佐知に向かってピースをしてくる。

「医院も休みでのんびりしてたんだろうに、賢吾が我が儘《まま》言ってごめんな？」

「いいえ。お陰でこんな素敵な瞬間《しゅんかん》に立ち会えて嬉《うれ》しいです」

いつものようににこにこと笑う舞桜を見ているとほっこりする。だがすぐに、先ほどの言葉を思い出した。

「ところで、ブーケトスって？」

「あ、そうだ！　おれもいってこよ！　はるみなんかにまかせてられないからな！」

碧斗が駆《か》け出していくのを見送りながら、舞桜は困ったように笑う。

「晴海さん、俺のためにブーケを取ってくるって言い出しちゃって」

「はあ？　もしかしてあいつ、ブーケトスに参加するつもりなのか？」

ブーケトスといえば、女の子達が次の花嫁《はなよめ》を競って取り合うあれだろう？　何を考えているのかと佐知は呆《あき》れたが、舞桜は更《さら》に困ったような顔をして言った。

「賢吾さんも、たぶんそうですよ？」

「はあ⁉」

そんな馬鹿なと人混みに視線を向けた佐知は、確かに人混みの先頭に陣取《じんど》って伊勢崎と睨《にら》み合っている賢吾を見つけ、思わず天を見上げた。

「何をやってるんだ、あいつは……」

俺達はもうとっくに家族だろうが。今更何を考えているのか。

あの馬鹿の首根っこを引っ摑《つか》んでやめさせなければ。そう決意した佐知が一歩踏《ふ》み出した時だ。

『行くぞ！』

ルカの声と共に、軽《かろ》やかにブーケが飛んだ。わっと歓声《かんせい》が上がり、様々な手がブーケに伸《の》ばされ……最後に小さな手が、ブーケを摑んだ。

「わーい！　やったー！　あおと、はんぶんこしよ！」

何と、ブーケを手に入れたのは史である。

「おい史！　何でお前が参加してんだ！」

「え、だってぱぱたちがさんかしてたから、ぼくもやりたいなって」

「史坊《ぼっ》ちゃん、それはまだ史坊ちゃんには早いので、こちらに渡《わた》して——」

「おい伊勢崎、何横入りしようとしてんだ。史のものは俺のもの。すなわちあれは俺と佐知のものだ」

「だぁめ！　これはぼくとあおとのなの！」

「そうだぞ！　なあ、ふみ！」

「ねー！」

史と碧斗がブーケを持って一緒に走り出す。

「あ、こら！　そもそも碧斗てめえ、何うちの史と結婚《けっこん》する気になってんだ！　認めた覚えはねえぞ！」

「きゃあああ、ぱぱがおこったああ！」

「あはははは、ふみのぱぱがおこったあああ！」

史と碧斗はおそらくブーケトスの意味など分かっちゃいない。ただ単に賢吾と伊勢崎が参加したから、自分達も面白《おもしろ》がって参加しただけだ。

それなのにおとなげない賢吾はしばらく子供達と芝生《しばふ》の上を走り回り、そのうちに体力が尽《つ》きてようやく佐知のもとに戻《もど》ってきた。

がらそれをからかってやる。

ネクタイを緩《ゆる》めながら吐《は》き捨てる賢吾の額には汗《あせ》が浮《う》かんでいて、佐知はハンカチを渡しな
「あいつら……どんどんすばしっこくなりやがって！」

「賢吾の体力が落ちてきただけじゃないか？」

「……………」

「冗談《じょうだん》だよ。体力で子供に勝てる訳がないだろ？　諦《あきら》めろ」

「そうですよ、若。子供相手にみっともない」

「おい伊勢崎、途中《とちゅう》まではお前だって史から取り上げようとしてただろうが。何で最初からそっち側ですみたいな顔してんだ」

「あまりに若がおとなげないので」

早い段階で諦めて舞桜の隣に戻っていた伊勢崎は、「そんなことよりも」と賢吾を睨む。

「これだけの無茶《むちゃ》を叶《かな》えたんですから、当然あと三日は休暇《きゅうか》をいただけるんですよね？」

指輪を見つけてここに届けるために、伊勢崎がどれほどの犠牲《ぎせい》を払《はら》ったのか。考えるだけで胃が痛い。主に八つ当たりが怖《こわ》くて。ここはぜひ、伊勢崎に休暇を与《あた》えてリフレッシュしてもらいたい。佐知の胃のためにも。

「二日だろ」

「………」

伊勢崎相手によくそんな冗談が言えるな。無言の中に明確な殺意が見えて、めちゃくちゃ怖かったんですけど。

「冗談だ」

「休暇をやるために、舞桜と碧斗も呼んでやったんだ。感謝しろ」

「ふふ、ありがとうございます、賢吾さん」

舞桜は素直《すなお》に礼を言ったが、伊勢崎がそれに待ったをかけた。

「舞桜、君が若に感謝する必要はない。若の我が儘を叶えたのは俺のほうだ」

「もちろん、晴海さんにも感謝してますよ。こういう時のために、俺達にパスポートを取らせてくれてたんですよね」

「それはただ単に、この二人がどこでどんなトラブルを起こすか分からないから、念のためと思っただけだ」

失礼な、と言いたかったが、実際に伊勢崎を呼びつけている以上、何も言い返せない。だが伊勢崎、俺と賢吾のトラブルに巻き込まれるのは大体お前なのに、自分がトラブルに巻き込まれた時に二人も連れていこうとしているのが見え見えじゃないか？　そう思ったことも口にしない。伊勢崎を怒《おこ》らせても、佐知には何の得もないからだ。

「せっかくだから、ゆっくり観光して帰るといいよ」

「俺達はできなかったけどな」

まだ根に持っている賢吾が、余計な言葉をつけ足してくるのを無視する。島を回るのだって、結構楽しかっただろうが。

「えー！　あおとたちはこれからかんこうするのー!?　ずるいー！」

「じゃあ、ふみもおれたちといっしょにかんこうしようぜ！」

「ああ、それはいいね。よかったら史君も一緒に観光する？」

「え、いいの!?　やったあ！」

「お、おい」

「それはいいな。せっかくだからゆっくりしてこい」

賢吾が笑って史の頭を撫《な》でる。だが、佐知の頬《ほお》は引きつった。すぐそばの伊勢崎の表情を確《かく》認《にん》するのが怖い。

「おい、俺達は明日《あした》には帰るはずだろ？」

「だから、今日と明日の昼までは観光できるだろ？」

「要するに若、明日の昼まで史坊ちゃんを預かれ、と？」

恐《おそ》る恐る確認した伊勢崎の顔は、やはり怖かった。休みとは？　という顔をしているじゃないか。

「碧斗も喜ぶし、一石二鳥じゃねえか。楽しんでこい」

今、伊勢崎が心の中で『この野郎《やろう》』って言ったのが聞こえた。絶対に聞こえた。

伊勢崎の視線がこちらに向いて、佐知は慌《あわ》てて視線を逸《そ》らす。八つ当たりされるのは、絶対にごめんである。

「はあ……何か、今日は色々といい日だったなあ」

ちゃぷり、と湯に身体《からだ》を浸《ひた》し、佐知はうっとりと幸せに浸る。

「まあ、お前が楽しんだならよかったな」

正面には一緒《いっしょ》に湯に浸《つ》かる賢吾がいて、はあ、とおっさん臭《くさ》い息を吐いて髪《かみ》をかきあげた。

ジーノが借り切った古城の近くにはホテルがあって、招待客は全員こちらに宿泊《しゅくはく》することになっていた。本当は史も一緒のはずだったのだが、史は碧斗達と一緒に観光すると言って、伊勢崎が予約していた別のホテルについていってしまった。そして二人は今、猫脚《ねこあし》付きのバスタブで優雅《ゆうが》に泡風呂《あわぶろ》を楽しんでいるのである。

「それにしても、楽しかったなあ」

式の後は、どんちゃん騒《さわ》ぎの大盛り上がりだった。ジーノと優の結婚式の招待客はほんの身近な人達だけで、それにルカとフィリップと町の住人達も加わって、笑いの絶えないパーティーになった。

「なあ賢吾、幸せっていいよな」

「……まあ、そうだな」

「人が幸せになるところを二回も見られたなんて、いい一日だったよなあ」

ジーノと優の結婚式《けっこん》に、ルカとフィリップの結婚式。どちらも感動的だった。

ジーノ達の結婚式ではジーノが号泣《ごうきゅう》した訳だが、ルカ達の結婚式で一番号泣していたのは町の住民達だった。もちろんフィリップとルカも泣いていたのだが、住民達のあまりの号泣ぶりに涙《なみだ》が引っ込んでいたのを思い出すと、微笑《ほほえ》ましくて笑《え》みが浮かぶ。

「町の人達も、ほんとにいい人達だよなあ。まるで自分のことみたいに喜んでさ」

式が終わった後、住民達は賢吾を取り囲んで口々に礼を言っていた。すっかり気に入られてしまった賢吾は、あれこれと渡された手土産《てみやげ》を両手いっぱいに抱《かか》えることになって。それだけでも、どれだけ町の人達がルカとフィリップの幸せを喜んでいるのかが分かった。

「まあ、そうだよな」

「何だよ」

興奮気味の佐知とは違《ちが》って、先ほどから賢吾は空返事だ。腹が立って手で掬《すく》った泡をぷっと吹《ふ》き飛ばしたが、賢吾は頬に飛んだそれを拭《ぬぐ》うこともなく言った。

「結婚式をやりてえって思ったことはあるか?」

「は? ある訳ないだろ、そんなの」

養子縁組《ようしえんぐみ》という形ではあるが、すでに籍《せき》は入っている。賢吾にプロポーズされた時も、そんなことは一度も考えなかった。自慢《じまん》ではないが、イベントごとの類《たぐい》にはまるで興味がない。

「俺はある。何度も考えた。お前にあんな恰好《かっこう》をさせてえなとか、こういうところでやりてえなとか」

さすがロマンティスト、とからかうことはできなかった。こちらを見る賢吾の顔が本気だったから。

「でも、これまではずっと、ただお前を見せびらかしてえって欲だけだったんだよ」

「何だよそれ、そんなことのために——」

「そう。だから実際にやろうとは思わなかった。お前は目立つのが好きじゃねえし、嫌《いや》がるお前に無理させてするようなことじゃねえよなって」

けど、と賢吾は言った。

「今日、ジーノ達の結婚式に張り切るサラや、ルカ達の結婚式で泣く住民達を見てて思ったんだ。結婚式ってのは、自分達の区切りのためだけじゃなくて、周りのやつへの感謝や誓《ちか》いのためにするものなのかもしれねえなって」

「感謝や、誓い？」

「俺達のことをずっと見守ってくれてたやつらへの感謝と、その分これから絶対二人で幸せになるって誓い」

「なるほど……？」

一瞬納得《いっしゅんなっとく》しかけたが、佐知はすぐにはっと我《われ》に返った。

「やらないよ⁉」

「駄目《だめ》か？」

「駄目だ！」

言いたいことは何となく分かるが、それとこれとは別問題だ。

「俺達はもうすでに家族だろ⁉　そんなの全部今更《いまさら》だって！」

「どうしても？」

「どうしても！」

これ以上言わせてなるものかと、両手で掬った泡を賢吾の頭に載《の》せる。もっこりと載せた泡が顔に垂れて、賢吾が「何しやがるっ」と佐知の顔に泡をかけてきた。それを拭って、佐知はまくしたてる。

「絶対嫌だからな！　うちの連中はただでさえお祭《まつ》り騒ぎが好きなんだぞ⁉　そんなことしてみろ、とんでもないことになる！」

こぢんまりとした教会で静かに、なんてことは絶対にあり得ない。下手をしたら商店街まで練り歩かされる嫌な予感がする。

「この話は終わり！　お終《しま》い！　永久に！」

「そんなに嫌か？」

「逆に喜ぶと思うほうがおかしいだろ!?　お前、神輿《みこし》にでも乗せられたらどうするんだ！」

「神輿？　俺は結婚式がしてえって話をしてたはずなんだが」

「お前は俺達の周りの人間の悪ノリのひどさを舐《な》めすぎてる！」

一番悪ノリをしそうな人間が身内にいるから怖《こわ》いのだ。誰《だれ》が一番怖いって、京香と吾郎である。笑顔で何を言い出すか分かったものじゃない。

「まあ、確かにそうか」

やめてくれ。あからさまにしゅんとした顔をするのは狡《ずる》いだろ。

何だか自分が悪いことをしているみたいな気持ちになって、佐知の良心がずきずきと痛むが、ここは譲《ゆず》れない。

「賢吾、そんなにがっかりするなって」

「別に、がっかりなんてしてねえ」

嘘吐《うそつ》け。どう見たって眉《まゆ》が下がってるんだよ。

佐知が結婚式をしようと言えばたちどころに機嫌《きげん》が直るのは分かっているが、さすがにそれはできないので、代わりに佐知はすすっとバスタブの中を移動して、賢吾の胸に背を預けて凭《もた》れかかった。

「賢吾、俺がそばにいるだけじゃ不満なのか？」

「そんな訳ねえだろ」

「だったら、そんな顔してないで久しぶりの二人きりを堪能《たんのう》しよう」

自分より上にある顔を見上げ、キスを強請《ねだ》ってちゅっと唇《くちびる》を鳴らす。

「お前、どんどん狡くなるよな」

「失礼だな。可愛《かわい》くなるって言えよ」

「可愛いは嫌なんじゃねえのか？」

可愛いよりは恰好《かっこ》いいがいい。それは常々佐知が思っていることだが、最近は少し変わってきている。もちろん恰好よくいたいが、賢吾の前では可愛い自分がいてもいいのだ。だって賢吾も可愛いから。佐知が賢吾のことを可愛いと思うのと同じぐらい、賢吾も佐知を可愛いと思えばいいのだ。

「お前の中の恰好いいの一番も、可愛いの一番も、何だったら面白《おもしろ》いとか頼《たよ》りになるの一番も俺がいいわけ。分かる？」

「綺麗《きれい》の一番も、好きと愛《いと》しいの一番もお前だし、ムカつくの一番もお前だな」

「おい、何でムカつくの一番が俺なんだよ」

「お前は時々、可愛すぎてムカつく」

本当にムカついている顔でそう言ってくちづけてくるから、キスを受け止めながら笑ってしまった。

「ははは、お前はいつでも俺に振《ふ》り回されてればいいんだよ」

「やだやだ、とんでもねえモンスターに育ってる気がするな」

「お前に甘やかされて、どんどん可愛くなってるだろ？」

「自分で言うか？」

「でも知ってるか？　お前だって、俺に甘やかされてどんどん可愛くなってるんだからな？」

「俺は可愛くねえ」

「可愛いって」

「可愛くねえ」

どうやら可愛いにご不満らしい。むっとした顔で、賢吾は両手を佐知の胸に滑《すべ》らせ始める。

「可愛いの一番と、エロいの一番を堪能させてもらおうか」

「ぁ、ばか……っ、エロいのは、お前……あっ」

泡を纏《まと》った指が胸の尖《とが》りをふるふると弄《いじ》ると、いつもと違う滑《ぬめ》った刺激《しげき》に腰《こし》が揺《ゆ》れてしまう。

この体勢は失敗だった。がっつり捕《つか》まえられて逃《に》げられない。

「あっ、ぁ……ちょっと待て、離《はな》し――」

「駄目だ。久しぶりの二人きりを、堪能するんだろ？」

耳元で囁《ささや》かれ、ぞくりと身体《からだ》が震《ふる》えた。

「今日はゆっくり最後まで、な？」

うんうんと頷《うなず》くと、片手を自分の蕾《つぼみ》まで導かれる。すでにひくついているそこに指を添《そ》わせ、賢吾が佐知を唆《そそのか》した。

「俺は前を可愛がってやるから、自分でここを拡《ひろ》げてろ」

「だ、だって……っ」

「大丈夫《だいじょうぶ》。泡で何も見えねえだろ?」

視線を下に向ける。確かに、泡で湯の中は何も見えない。賢吾の長い指が、佐知の性器に絡《から》みついているのだって、感触《かんしょく》で分かるだけだ。

「佐知、俺を中に入れてくれねえの?」

甘える声を出されると、佐知は弱い。そっと蕾に指を這《は》わせて賢吾を見上げると、促《うなが》すように頬《ほお》にくちづけられた。

「……ん……っ」

ありとあらゆる恥《は》ずかしいところを見られているはずなのに、こうして賢吾に見られることにはいつまで経《た》っても慣れない。

けれど恥ずかしさが快感に変わることも知っていて、ちゃぷりと音を立てながら、指を蕾に差し込んでいく。それと同時に賢吾の指が佐知の性器を摩《さす》るから、次第《しだい》に指の動きが大胆《だいたん》になっていく。

「あ、賢吾……」

尻《しり》の狭間《はざま》に、硬《かた》くなった賢吾のものが当たっている。佐知の腰が揺れるたびに、賢吾も小さ

なっていく。

く吐息《といき》を零《こぼ》した。ああ、早く賢吾と一つになりたい。そう思えば思うほど、指の動きが激しく

「あ、あ、賢吾……っ、前、だめ……指、ぁ、あっ」

早く早くと指を増やしてそこを解《ほぐ》している間に、佐知の性器を弄る賢吾の指の動きがいやらしくなって。先端《せんたん》をちゅくちゅくと弄られれば、思わず腰が浮《う》いた。

「いいのか、佐知。見えちゃってるぞ」

「……っ！　あ、だめっ、だめ……っ」

泡《あわ》の中から今にも爆発《ばくはつ》しそうな自分の性器が浮き上がって、その羞恥《しゅうち》に涙《なみだ》が浮かぶ。覗《のぞ》いた先端にぷくりと溜《た》まりが出来ていて、そこだけ見えているのがかえって卑猥《ひわい》だった。

すぐに腰を戻《もど》そうとしたのに、賢吾の足がそれを許さず、泡に浮いたその部分に賢吾の指が這う。

「佐知、湯が汚《よご》れちまうな」

「い、いやっ、あ、待てっ、やだっ、ひ……ぁ」

耳朶《じだ》を舌で嬲《なぶ》られ、じゅぶじゅぶと性器を擦《こす》り上げられた。恥ずかしいのに、そこに視線が固定されてしまって、やめろと声を震わせながらもその瞬間《しゅんかん》まで抵抗《ていこう》することもできず。

「ひ……ぁ、あ、あぁ……！」

ぴゅくりと蜜《みつ》を噴《ふ》いた途端《とたん》、奥が指を締《し》めつけるから、前も後ろも気持ちが良くて佐知はす

すり泣いた。

恥ずかしい。でも嫌《いや》じゃない。賢吾は絶対に笑ったりしないって知っているから。全部を曝《さら》け出しても、みっともないところを見せても、賢吾は絶対に馬鹿《ばか》にしたりしない。セックスの時のことを他《ほか》の時に持ち出してからかうこともしない。だから佐知は、安心して乱れることができる。

「賢吾、も、駄目《だめ》……っ」

「ああ、俺も限界。今すぐお前の中に入れてくれ」

入れてやる、ではなく、入れてくれ。賢吾のこういう些細《ささい》な言葉遣《ことばづか》いが好きだ。佐知のほうが限界だと分かっているのに、賢吾は佐知に懇願《こんがん》する。自分こそが佐知を欲しいのだ、と。

奥から指を抜《ぬ》き出し、ふわふわと快楽で力が入らなくなった身体を起こす。賢吾に支えられながら向きを変え、賢吾の身体を跨《また》いで肩《かた》に手を置いた。

「佐知、手伝うか？」

素直《すなお》にこくりと頷いたのは、もう意地を張る余裕《よゆう》もないぐらいに身体が賢吾を欲《ほっ》しているからだ。

佐知の身体を支えた賢吾が、下からゆっくりと挿入《そうにゅう》してくる。それに合わせて少しずつ腰《こし》を落とすと、良い子だと褒《ほ》めるように唇にキスが与《あた》えられた。

ていく。

ちゅくり、と唇の中に舌が入り込んできて、それに夢中になっている間に身体が割り開かれ

「ん、ん……ぅ……はい、入った……」

賢吾の全《すべ》てを収め、尻がざらりとした下生えの感触を捉《とら》える。まだ入れただけなのに、久しぶりのそれはひどく佐知を感じさせ、目の前の賢吾の身体に縋《すが》って、佐知は小さく吐息を零した。

「少し……少しだけ、休憩《きゅうけい》……あっ、待て、休憩って……あ、あっ」

「く……っ、悪《わり》ぃ、佐知」

賢吾が緩《ゆる》く腰を揺らす。意地悪をされたのかと思ったが、賢吾の表情が歪《ゆが》んでいて、この男も久しぶりの快感を制御《せいぎょ》し切れないのだと気づいた。

我慢《がまん》できないぐらいに求められている。それに自然と口元が緩み、佐知は過ぎた快感に怯《おび》えながらも腰を揺すった。

「佐知、佐知……ああ、くそっ、止まらねえ……っ」

「い、いい……ぁ、あっ、好きにして、いいから……あ、あぁっ、ひ……っ」

「馬鹿っ、可愛いこと言うなっ……めちゃくちゃにしちまうだろうが……!」

したっていいのに。

佐知の全部は賢吾のもので、賢吾の全部は佐知のものだ。賢吾のしたいことを全部受け止め

る覚悟《かくご》が佐知にはある。いや、全部は言いすぎかな。無理なこともあるかもしれない。今のところはないけれど。

「ああ、駄目だ、焦《じ》れったい……！」

立ち上がった賢吾に両足の裏に腕《うで》を引っ掛《か》けて持ち上げられ、そのまま壁《かべ》に背中を押しつけられる。

「あ、賢吾、深……っ、ぁ、あ、怖《こわ》いって……っ」

容赦《ようしゃ》なく賢吾のものを奥まで押しこまれ、逃げることもできずに身体を更《さら》に割り開かれていく。そんなに奥まで入られたら、身体がおかしくなってしまう。せめてもの抵抗で奥に力を入れれば、賢吾にちっと舌打ちをされた。

「……っ、やってくれるじゃねえか」

「ち、違《ちが》うっ、ん、んぁ……ひ……っ」

挑発《ちょうはつ》したつもりなど微塵《みじん》もなかったのに、こちらを見つめる賢吾の目がぎらりと光る。慌《あわ》てて違うと繰《く》り返したが、嚙《か》みつく勢いでキスで唇《くちびる》を塞《ふさ》がれ、快楽に蕩《とろ》かされてしまう。

全部気持ちいい。奥だけじゃなく、口の中も、触《ふ》れられていない肌《はだ》も、性器も、何もかも。

「佐知、佐知……っ」

賢吾が余裕をなくして、ただ佐知の名前を呼ぶ。賢吾の頭の中が佐知でいっぱいになっているこの瞬間が好きだ。もっともっと、賢吾の全部を佐知で埋《う》め尽《つ》くしてやりたい。

「賢吾、可愛《かわい》い、あ、ぁんっ、ひぁ……激し……！」

賢吾の動きが更に速くなり、佐知は自らの手を性器に這わせる。どうせなら、賢吾と一緒《いっしょ》に達《い》きたい。その光景すら賢吾を煽《あお》り、ぐっと腰《こし》を押しつけて賢吾が唸《うな》った。

「可愛いのは、どっちだ……！」

達っていいぞ。言葉にしたのはどちらが先だっただろうか。互《たが》いに額を擦りつけながら、身体を震わせて高みへと昇《のぼ》る。

「佐知、愛してる……っ、結婚《けっこん》式、しような」

「あ、あ、馬鹿っ、しない……しな、あ、あ、いく、達く、馬鹿……っ！」

まだ諦《あきら》めていなかったのか。

この件を有耶無耶《うやむや》にするために、佐知が朝方まで賢吾に付き合ったのは、果たして賢吾の策略通りだったのか否《いな》か。


翌日の昼、朝から碧斗達とゴンドラに乗ってきたという史はご機嫌《きげん》だった。

「あのね、ながいぼうでね、しゅーってうごかすんだよ!?」

空港のロビーで大きな身振《みぶ》り手振りで話す史は本当に楽しそうで、今回は何だかんだであまり観光をさせてやれなかっただけに、いい思い出ができてよかったなと佐知は胸を撫《な》で下ろした。

「そうか、俺もちょっと乗ってみたかったなあ」

賢吾の視線がじろりとこちらを向いて、佐知はしまったと冷や汗《あせ》を垂らす。

そういえば、賢吾の考えたイタリア観光には組み込まれていたのだ。余計なことを言って地《じ》雷《らい》を踏《ふ》む前に、佐知は伊勢崎と舞桜に礼を言った。

「ありがとうな、二人とも。史が何か迷惑《めいわく》をかけなかったか？」

「大丈夫《だいじょうぶ》ですよ、佐知さん。昨日はサラちゃんも一緒で、賑《にぎ》やかで楽しかったです」

「サラちゃんも？」

伊勢崎の不機嫌の理由が分かって、佐知は頰《ほお》を引きつらせた。

そうか、史だけではなく、サラまで一緒だったのか。それはさぞ賑やかだったことだろう。

……伊勢崎が舞桜との時間を楽しむ余裕もないぐらいに。

「若、よくもあの人にまで余計なことを言ってくれましたね」

「何のことだ？　俺はただ、史と碧斗が観光に行くから、サラも行かせてやればどうだ、と言ってやっただけだぞ」

なるほど。新婚《しんこん》初夜である。ジーノは一も二もなく飛びついただろう。最早《もはや》、そのために伊勢崎が休暇《きゅうか》を取らされている気すらしてきたが、絶対にそのことは口にしない。口に出したら負けである。

「いいじゃねえか。俺達が帰った後で、のんびりすればいいだろ?」

佐知と賢吾と史は、今日帰ることになっている。来たばかりの伊勢崎達は、あともう一日休暇を楽しんでから帰るから、ここでお別れだ。

「佐知さん!」

「ふみ!」

声に振《ふ》り返ると、こちらに向かって走ってくる優とサラの姿があった。その後ろにはジーノとルカとフィリップもいる。

「三人が帰る前に、どうしてもお礼が言いたくて」

「お礼?」

「ジーノとルカさん、無事に和解したみたいだから」

ふふ、と笑う優の肩越《かたご》しに、何やら会話している二人が見えた。

『いい歳《とし》をして盛《さか》るのもいい加減にしろ。お陰《かげ》で間に合わないところだった』

『それはお前のほうだろうが。まるで自分が待ち合わせに遅刻《ちこく》しなかったような口ぶりはやめろ』

『年長者なら起こしに来るべきだろうが』

『おいおい、まだママのキスがないと起きられないのか? さぞかし優は苦労をするな、いくつになったんだお前は』

ない。

『何だと？』

相変わらず、互いの眉間《みけん》には皺《しわ》が寄っている。穏《おだ》やかに会話をしたら死ぬ病気なのかもしれない。

「何を言っているかは全然分からないけど、仲良く会話してないことだけは分かるのって不思議だよな」

「ははは。まあ、あれも愛だよ」

確かに、喧嘩《けんか》している二人は楽しそうにも見える。隣《となり》で困った顔をしているフィリップさんは可哀想《かわいそう》だけど。

「ふみ、ぜったいまたきてね！」

「うん！　さらちゃんも、ぜったいまたぼくのいえにあそびにきてね！」

「そうだぞ！　こんどはおれたちがあんないしてやるからな！」

「うん！」

対する子供達は純真だ。どうしてあの二人はこんな風に仲良くできないのか。

「佐知、世話になったな」

佐知達のもとに辿《たど》り着いたルカが、ジーノとの喧嘩をやめて佐知の正面に立った。

「君達のお陰で、私達も家族として楽しく暮らせそうだよ」

隣に寄《よ》り添《そ》ったフィリップが、優《やさ》しくルカの肩《かた》を抱《だ》いて笑う。その表情は穏やかだけれど幸せそうで、二人の絆《きずな》が確かに結ばれているのを感じた。

「また会いに来い」

ルカが差し出した手を握《にぎ》り返す。その手を引かれ、ぐっと抱きしめられた。

「ありがとう」

耳元で囁《ささや》かれた言葉に、佐知は小さく首を振る。

「おいこら、挨拶《あいさつ》が終わったらとっとと返せ」

賢吾にすぐに引き戻《もど》された佐知は、同じようにルカがフィリップに引き戻されているのを見てくすりと笑った。

「ルカさんも、苦労しそうですね」

「まさかこんなにも嫉妬深《しっとぶか》いとは思わなかった」

フィリップの腕の中でルカは眉根《まゆね》を寄せたが、振り払《はら》わない時点で自明だろう。

「経験者として言いますけど、その嫉妬深さに救われることもあります」

「なるほど。だったらもっと嫉妬深く生き、ぐふ……っ、おい痛《いて》えだろうが！」

「殴《なぐ》られたいのか」

「だから殴ってから言うなって！」

調子に乗るなよと賢吾を睨《にら》めば、フィリップが面白《おもしろ》そうに言った。

「私も君ぐらい開き直って生きることにしよう」

「やめておけ。ルカに捨てられたくなければな」

答えたのはジーノである。つかつかと近づいてきたジーノは、賢吾を一瞥《いちべつ》してふんと鼻を鳴らしてから佐知に向き直った。

「佐知、今回は一応礼を言う」

「一応？」

隣に並んだ優が、ジーノの肩をがばっと抱いて顔を覗《のぞ》き込む。ジーノはそれにうっと表情を歪《ゆが》め、ぼそりと言った。

「感謝、している」

「どういたしまして」

大したことが出来た気はしないが、ジーノがまたルカとの家族の縁《えん》を取り戻したことはよかった。史にとってもルカは家族で、要するに佐知達とも家族である。だから恩に感じる必要はないんだと佐知が言葉にする前に、隣の賢吾がまたからかい始めてしまった。

「おいおい、すっかり尻《しり》に敷かれてんじゃねえか」

「お前にだけは言われたくない台詞《せりふ》だな」

「馬鹿《ばか》。俺は敷かれてるんじゃなくて乗せてるんだよ」

「乗せてる？　それを言うなら、私だって昨夜《ゆうべ》優を乗せたばかり――」

「やめなさい！」

優が慌《あわ》ててジーノの口を塞《ふさ》ぐ。それと同時に佐知も賢吾の耳を引っ張って、いい加減にしろと目で叱《しか》った。

「真昼間の空港で何を言うつもりなのかな？　二人共、もう少し人の目を考えて――」

「ねえ、ゆうちゃんはなににのったの？」

「え？」

お説教を始めた優の足元に飛びついたのはサラである。史と碧斗もやってきて、佐知と舞桜を見上げた。

「ねえさち、ぼくたちがいないあいだに、みんなでなにかにのったの？　ごんどら？　それとも、もっといいやつ？　ぼくものりたかった」

「の、乗ってない乗ってない！　賢吾がちょっと思い違《ちが》いしただけだから！　な！」

賢吾の背中をどんと突《つ》き飛ばす。責任を取って丸く収めろと無言で圧力をかけると、賢吾は顎《あご》に手を当てて少し考えてから言った。

「これから飛行機に乗るだろ？　そこで美味《うま》いアイスが食べられるぞ」

「え？　あいす⁉」

「ああ。内緒《ないしょ》だけどな」

「やったー！　あいすだあ！」

嬉《うれ》しそうにダンスする史に釣《つ》られて、碧斗とサラもダンスし始める。

「お前、嘘《うそ》を吐《つ》かずに誤魔化《ごまか》すのが上手《うま》いよな。俺も気をつけようっと」

「何だよ、上手く誤魔化してやったのに」

きっと佐知も今の史みたいに誤魔化されていることがあるはずだ。今度からは騙《だま》されないようにしないと。

佐知が心に固く誓《ちか》っていると、ふふっとフィリップが楽しそうに笑った。

「君達は本当に仲がいいね」

「もちろん俺達は仲がいいに決まってるが、あんたらも相当だろ。次に行く時は、俺達のほうからいちゃつき禁止にしねえとな。お陰で全然寝《ね》られなかったからなあ」

「こら、賢吾っ」

ルカが恥《は》ずかしがってフィリップに怒《おこ》りだしたらどうするのか。だがそんな心配は杞憂《きゆう》だった。痛烈《つうれつ》な返しをしてきたのは、フィリップではなくルカのほうで。

「よく言う。お前達の声も、バルコニーから聞こえていたぞ」

「……っ！」

「バルコニー？」

舞桜が首を傾《かし》げ、優は小さく肩を揺《ゆ》らした。

「な、何でもない何でもない！　ははは っ！　そんなことよりルカさん！　ルカさんのほうこそ、今度は日本に遊びに来てくださいね！」

何てことを言うのか。佐知が必死で誤魔化そうとしたのに、賢吾の低い声がして。

『おい、聞いてたのか？』

『聞かされていた、の間違《まちが》いだろう？　好きで聞いていた訳じゃない』

『今すぐ忘れろ』

賢吾が何やらルカに凄《すご》むと、フィリップが二人の間に立ちはだかる。

『申し訳ないが、それはお互《たが》い様だね。君もぜひ忘れてくれると助かるよ』

『……次に俺達が行くまでに、別棟《べつむね》を建てておけ』

『善処しよう』

フィリップの言葉に、賢吾がふんと鼻を鳴らした。

「お、おい、お前、今何言ったんだよ」

どう考えても友好的な雰囲気《ふんいき》じゃなかっただろ。イタリア語は分からなくても、こっちはお前の顔色だけは読めるんだからな。

「大したことじゃねえよ。それよりもうそろそろ時間じゃねえのか？」

「あ、そうだ！」

時間を確認《かくにん》して、慌てて史を呼ぶ。三人並んだところで、見送りに来てくれた人達にもう一度挨拶して、それから一緒《いっしょ》に歩き出した。

「いたりあ、たのしかったねー！」

「ああ、そうだなあ」

「またきたいね！」

「今度こそ観光しねえとな」

史を真ん中に、三人仲良く手を繋《つな》ぎながら歩く。

「ねえ、そういえばぼくおもったんだけど、じーのとゆうちゃんはかぞくになるのにけっこんしきしてたでしょ？」

「そうだな。それがどうかしたか？」

「さちとぱぱは、いつけっこんしきしたの？」

「……え？」

見下ろすと、史が純真な目をこちらに向けていた。

「だって、かぞくになるのにけっこんしきをするんでしょ？　ぼく、まえにきょうかちゃんたちのけっこんしきのしゃしんもみたことあるよ？　でも、ぱぱとさちのけっこんしきのしゃしん、みたことないでしょ？　かえったらみたい！」

「い、いや、それは……」

「あれ？　でも、さちとぱぱはぼくといっしょにかぞくになったんだよね？　だったら、どうしてぼくがさちとぱぱのけっこんしきにでてないの？」

「いや、それは何ていうか、その……」

まずい。非常にまずい。この話題は鬼門《きもん》である。

どう説明するべきか。ここでおかしな説明の仕方をしたら、大惨事《だいさんじ》になる予感しかしない。

あわあわと佐知が言葉を探している間に、賢吾があっさり言った。

「それがな、史。何と、俺達はまだ結婚《けっこん》式をしてねえんだ」

「えーーー！　どうして⁉　さちとぱぱとぼくはかぞくでしょ⁉　なのにどうしてけっこんしきしてないの⁉」

「俺達は、結婚式をする前に家族になっちまったんだ。だから、結婚式はこれからだな」

「賢吾っ‼」

「え？　これから？　だったらぼく、さちとぱぱのためにいっぱいがんばるね！」

史がやったやったと飛び跳《は》ねるから、佐知は小声で「お前っ」と賢吾を睨んだが、賢吾はどこ吹《ふ》く風でにやりと笑った。

「次は俺達の番だな、佐知」

「ふざけるな！　俺は絶対にやらないからな！」

「古城も良かったが、神社でやるのも悪くねえよな」

「聞いてるか⁉　俺は！　絶対にやらないからな！」

「え⁉　どうして⁉　さちはぱぱとぼくとかぞくになるのがいやなの⁉」

「ち、ちがっ、そうじゃなくて！」

「そうだよなあ、史。家族になるのが嫌《いや》じゃなけりゃ、喜んで結婚式ができるはずだよなあ」

「お前なあ……っ！」

結婚式なんて冗談《じょうだん》じゃない。ただでさえお祭《まつ》り騒《さわ》ぎが大好きな東雲組だ。そんなことをしたら、きっと大変なことになるに決まっている。

見世物になる自分を想像し、佐知は大声で叫《さけ》んだ。

「俺は絶対にやらないからな！　やりたけりゃ賢吾と史でやれよ！」

「だめだよ！　けっこんしきはさんにんでやらないと！」

「そうだよなあ、史。どこにする？　神社か教会か？　ジーノ達みたいに古城がいいか？」

「ぼく、ゆうえんちがいいな！」

「遊園地か。それは盲点《もうてん》だったな。さすが史、なかなかセンスがあるぞ」

「でしょー!?」

「おい、聞いてるのか!?　俺は絶対、絶対、やらないんだからな！」

「おふねもいいよねー」

「ああ、船もいいなあ」

「勝手にそんなことしてみろ！　家出してやるからな！」

佐知が一生懸命《いっしょうけんめい》訴《うった》えても、賢吾と史は知らん顔であそこがいいここがいいと話し続け、とうとう佐知が拗《す》ねて一言も口をきかなくなって、ようやく話すことをやめたのである。

「この話はまた今度な」

「そうだね、またこんどね」

どうにも諦《あきら》めていない気配がするのは、気のせいだと思いたい。

あとがき

皆様《みなさま》こんにちは、佐倉温《さくらはる》です。今回は日本を飛び出し、何とイタリアに旅立った東雲《しののめ》家の三人でしたが、最後まで楽しく読んでいただけましたでしょうか？

ジーノの結婚《けっこん》式を、というのは以前から担当様と話していたんですが、ようやく書いてあげられてよかったなあとほっとしております。優《ゆう》には末永くジーノを尻《しり》に敷《し》いてもらいたいですね（笑）。

今回のお話は三つのカップル（時には四つ）が入り乱れるお話になっておりますので、それぞれの見せ場を確保するのが大変でした。ですがその分、それぞれの違《ちが》った部分が出たお話になったかな、という気もしています。特に賢吾《けんご》を書いている時は実家に戻《もど》ったような安心感がありました。何て安定感があるいい男になったんだろう。やはり愛されている自信をつけた賢吾はひとあじ違いますね（笑）。

そして、史《ふみ》には新たな強い味方が登場です。ルカ自身よりも、フィリップという後ろ盾《だて》がいることが史にとっては心強い存在となるかもしれません。ルカはジーノと同じ匂《にお》いがするので、きっと何だかんだとプレゼントを送りつけてくる予感がしますが、その辺りもフィリップが上手に程々の加減にしてくれることを期待しましょう（笑）。

今回はイタリア編ということで、桜城《さくらぎ》やや先生がいつもとは少し違った恰好《かっこう》の東雲家の三人を描《か》いてくださいました。素敵な表紙ににっこりした私ですが、今作は登場人物がとても多く、挿絵《さしえ》の構図が大変だったことと思います。申し訳ない気持ちでいっぱいですが、素敵なイラストに仕上げてくださって本当にありがとうございました！

現在、ＣＩＥＬ様にて『極道さんは愛されるパパで愛妻家』のコミカライズが連載《れんさい》中です。今回のお話で活躍《かつやく》したジーノの初登場のお話ですので、そちらのほうも読んでいただけたら嬉《うれ》しいです。

それから、担当様には今回も大変お世話になりました。最後まで並走してくださってありがとうございます。毎度のことながら、少しでもいいお話にするためにぎりぎりまで一緒《いっしょ》に考えてくださって、どれだけ感謝してもしきれません。お陰《かげ》で何とか今回も作品を世に出すことができました。どうぞこれからもよろしくお願いいたします。

そして最後に、この本を手に取ってくださった皆様。

賢吾と佐知《さち》と史のお話がこうしてまた出せたのも、いつも三人を可愛がってくださる皆様のお陰です。本当にありがとうございます。世の中は目まぐるしく変化しますが、この本を開いた時、少しでもほっと落ち着ける時間を作ることができますように。

それでは、また次作でお会いできることを願っております。

二〇二三年　四月

佐倉　温

KADOKAWA RUBY BUNKO

極道《ごくどう》さんはイタリアでもパパで愛妻家《あいさいか》

佐倉《さくら》 温《はる》

角川ルビー文庫　23684

2023年6月1日　初版発行

発行者——山下直久
発　行——株式会社KADOKAWA
〒102-8177　東京都千代田区富士見2-13-3
電話 0570-002-301(ナビダイヤル)
印刷所——株式会社暁印刷
製本所——本間製本株式会社
装幀者——鈴木洋介

●お問い合わせ
https://www.kadokawa.co.jp/ (「お問い合わせ」へお進みください)
※内容によっては、お答えできない場合があります。
※サポートは日本国内のみとさせていただきます。
※Japanese text only

ISBN978-4-04-113743-7　C0193　定価はカバーに表示してあります。

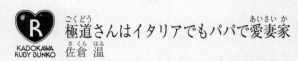

KADOKAWA RUBY BUNKO

角川ルビー文庫

いつも「ルビー文庫」を
ご愛読いただきありがとうございます。
今回の作品はいかがでしたか?
ぜひ、ご感想をお寄せください。

〈ファンレターのあて先〉

〒102-8177 東京都千代田区富士見 2-13-3
株式会社KADOKAWA
ルビー文庫編集部気付
「佐倉 温先生」係